KB076434

나는 김만덕이다

1판 1쇄 인쇄 | 2024년 03월 18일
1판 1쇄 발행 | 2024년 03월 22일

지 은 이 | 박상하
펴 낸 이 | 천봉재
펴 낸 곳 | 일송북

주   소 | 서울시 성북구 성북로 4길 27-19(2층)
전   화 | 02-2299-1290~1
팩   스 | 02-2299-1292
이 메 일 | minato3@hanmail.net
홈페이지 | www.ilsongbook.com
등   록 | 1998.8.13(제 303-3030002510020060000049호)

근세

여성 최초 상인 재벌과 재산의 사회 환원

나는 김만덕 이다

박상하 지음

일송북

가난을 돌이킬 수 없는
수치로 여겨라

어진 사람이 나랏일에 간여하다가도 절개를
위해 죽는 것이나, 선비가 바위 동굴에 은거하
면서도 세상에 이름을 떨치게 되는 건, 결국 자
기완성이 아니겠느냐. 여성의 몸으로 내가 상
인으로 나선 이유도 이와 다르지 않다.

-김만덕이 독자에게-

한국을 만든 인물 500인을 선정하면서

　일송북은 한국을 만든 인물 5백 명에 관한 책들(5백 권)의 출간을 기획하여 차례대로 펴내고 있습니다. 이는 긍정적이든 부정적이든 우리 역사에 뚜렷한 족적을 남긴 인물들의 시대와 사회를 살아가는 삶을 들여다보고 반성하며, 지금 우리 시대와 각자의 삶을 더욱 바람직하게 이끌기 위해서입니다. 아울러 한국인의 정체성은 무엇인가를 폭넓고 심도 있게 탐구하는, 출판 사상 최고·최대의 한국 인물 총서가 될 것입니다.

　시리즈의 제목은 「나는 누구다」로 통일했습니다. '누

구'에는 한 인물의 이름이 들어갑니다. 한 인물의 삶과 시대의 정수를 독자 여러분께 인상적·효율적으로 전할 것입니다. 무엇보다 지금 왜 이 인물을 읽어야 하는가에 충분히 답해 나갈 것입니다.

이번 한국 인물 500인 선정을 위해 일송북에서는 역사, 사회, 문화, 정치, 경제, 국방, 언론, 출판 등 각 분야의 전문가들로 선정위원회를 구성했습니다. 선정위원회에서는 단군시대 너머의 신화와 전설쯤으로 전해오는 아득한 상고대부터 아직도 우리 기억에 생생한 20세기 최근세까지의 인물들과 그 시대들에 정통한 필자를 선정하고 있습니다.

우리는 지금 최첨단 문명시대를 살고 있습니다. 인터넷으로 실시간 글로벌시대를 살고 있으며 인공지능 AI의 급속한 발달로 인간의 정체성마저 흔들리고 있음을 절감하고 있습니다.

이러한 때일수록 인간의, 한국인의 정체성이 더욱 절실히 요구되고 있습니다. 그 정체성은 개인이나 나라의 편협한 개인주의나 국수주의는 물론 아닐 것입니다. 보수와 진보 성향을 아우르는 한국 인물 500은 해당 인물의 육성으로 인간 개인의 생생한 정체성은 물론 세계와 첨단 문명시대에서도 끈질기게 이끌어나갈 반만년 한국인의 정체성, 그 본질과 뚝심을 들려줄 것입니다.

한국 인물 500인 선정위원회 (가나다 순)

위원장: 양성우(시인, 前 한국간행물윤리위원회 위원장)

위원: 권태현(소설가, 출판평론가), **김종근**(前 홍익대 교수, 미술평론가), **김준혁**(한신대 교수, 역사), **김태성**(前 11기계화사단장), **박상하**(소설가), **박병규**(민화협 상임집행위원장), **배재국**(해양대 교수, 수학), **심상균**(KB국민은행 노동조합 & 금융노동조합연대회의 위원장), **윤명철**(前 동국대 교수, 역사), **오세훈**(언론인, 前 기아자동차 홍보실장), **이경식**(작가, 번역가), **오영숙**(前 세종대학교 총장, 영어학), **이경철**(前 중앙일보 문화부장, 문학평론가), **이덕수**(시민운동가, 시인), **이동순**(영남대 명예교수, 시인), **이덕일**(순천향대학교, 역사), **이순원**(소설가), **이종걸**(이회영기념사업회장), **이종문**(前 계명대 학장, 시조시인) **이중기**(농민시인), **장동훈**(前 KTV 사장, SBS 북경특파원), **하만택**(성악가), **하응백**(前 경희대 교수, 문학평론가)

차 례

들어가는 글

여성 최초의 거상 김만덕,
그 역사 근육을 찾아서

만일 집이 가난하고, 어버이가 늙은 데다, 처자식은 연약하며, 명절이 되어도 조상에게 제사조차 올리지 못한다면, 더구나 가족이 한데 모여도 음식을 변변히 먹지 못하고, 입을 옷이 없어 사람들과 어울리기 어려우면서도, 그 같은 가난을 진정으로 부끄러워할 줄 모른다면 참으로 못난 사람이 아니겠는가? 바로 이런 이유 때문에 재물이 없어 가난한 사람은 힘써 일하고, 재물이 조금이나마 있는 사람은 지혜를 짜내며, 이미 많은 재산을 가진 사람은 시기를 노려 보다 많은 이익을 좇게 된다. 이것

이 곧 삶의 진리가 아니고 무엇이겠는가 …?

『사기史記』의 한 대목이다. 『사기』는 2천여 년 전 중국의 한나라 때 사마천이 쓴 대륙의 역사서다. 모두 130권 52만6,500자로 구성되어 있을 정도로 방대한 분량이다.

그 130권 중 〈열전〉의 70권 가운데 예순아홉 권째가 곧 「화식열전」이다. 위에 인용한 문장은 이 「화식열전貨殖列傳」에서 가려 뽑은 일부다.

여기서 화貨는 재산이며, 식殖은 불어난다는 뜻이다. 춘추전국시대 말기부터 한 대 초기에 이르기까지 상업으로 막대한 부를 축적한 거상들의 활약상을 꿰뚫어 담은, 요컨대 재산을 늘리는 숨은 비책을 관통하고 있다.

특히 '재주 있는 자는 부유해지고, 모자란 자는 가난해진다'라거나, '사람의 모든 행위는 오직 부귀해지려는 몸부림이다'랄지, '이익을 추구하고, 가난을 치욕으로 여기라'는 먹고사는 민생을 정면으로 다루고 있다.

다시 말해 경제 능력이 사회 생활에서 얼마나 중요한 부분을 차지하는가를 강조하면서, 명분보다는 실질을 택

하라고 목청을 돋운다. 가난을 돌이킬 수 없는 수치로 여기라고 소리 높인다. 엄격한 '사농공상의 시대'에 상업을 천시했던 사회적 가치관을 일관되게 부정하고 또한 거역하는, 당시로선 대단히 불손하기 짝이 없는 천기누설이 아닐 수 없었다.

사마천은 물러서지 않았다. 당대의 유학자들이 '이익을 추구하고 가난을 치욕으로 여긴 자'라며 너도나도 손가락질한 상인들의 진가가, 따은 본질적으로 유학의 정신과도 합치한다는 주장을 굽히지 않는다. 방대한 역사서 속에 「화식열전」 편을 따로 구성해, '이익을 추구하고, 가난을 치욕으로 여겼던' 상인들의 삶을 애써 발굴하여 칭송을 아끼지 않았다.

이유는 자명했다. 비록 상인들이라 할지라도 '평범한 사람으로 정치를 어지럽히지 않을뿐더러 백성들의 생활을 방해하지도 않으며, 단지 상품의 매매에서 기회를 포착하여 재산을 증식하였을 따름'이라고 대변한다. 그런 만큼 「화식열전」을 엮은 자신의 의도를 '지혜로운 자라면 여기서 반드시 깨달은 점이 있어야 한다'고 천명하고 있다.

　요컨대 한낱 필부가 세상을 어지럽히지 않으면서도 상업에서 기회를 얻어 재산을 증식하는 일이란, 제아무리 지혜로운 자라 할지라도 정녕 본받을 점이 있다는 확신에서였다. 당대의 유학자들로부터 비난의 화살이 쏟아졌던 '이익을 추구한다'는 대목을, 사마천은 '그것이야말로 인간의 가장 자연스러운 욕구'라며 벌써 2천여 년 전에 피를 토하듯 부르짖었다.

　또 그처럼 전통적 가치관을 일관되게 부정하며 또한 거역하고 있는데도, 결코 헛되지 않은 천기누설이었기 때문에 여태까지 꺼질 줄 모르는 생명력을 가질 수 있었다. 헤아릴 수 없을 만큼 수많은 성현군자가 쏟아낸 무수한 책더미 속에서도, 무려 2천여 년 동안이나 꿋꿋이 살아남을 수 있었다. 중국의 상인들을 '세계 3대 상인'으로 굴기시킨 불멸의 상경商經으로 자리하게 된 것이다.

　우리의 역사도 다르지 않았다. 우리의 역사 역시 소란한 상업 풍경에서부터 근대 기업사에 이르기까지 움터

오를 수 있는 그 어떤 토양이나 씨앗도 전혀 존재하지 못했다.

멀리 갈 것도 없이, 지금 우리의 토대를 이룬다는 조선왕조만 해도 그렇다. 조선시대에는 상업을 하고 싶다고 해서 아무나 상업을 할 수 있는 것은 아니었다. 태조가 새 왕조를 창건한 이래 유교를 통치 이념으로 삼으면서 일반 백성들에겐 상업을 허락할 수 없다는, 이른바 '억말무본抑末務本'이라는 국시를 추상같이 견지한 까닭이다.

때문에 조선왕조는 상업에 지극히 부정적이었다. 상업 활동은 백성들을 간사하게 만들뿐더러 통치 이념의 교화에도 어긋난다 하여, 심지어 농산물의 유통에도 소극적이었다. 유학의 정신주의만을 강조했을 뿐 자본 축적의 기회에 아예 손을 놓고 있었다.

물론 조선 말에 이르면 통공通共을 시행하기도 한다. 정조(1791) 연간에 이르러 "누구나 상인이 될 수 있다"라고 선포하기도 했다.

하지만 그것도 다 한성의 바깥에서나 가능한 소리였다. 도성 안의 알토란 같은 상권을 제외해 쭉정이나 다름

없는 나머지의 것들, 그리하여 도성 바깥으로 나가 하찮은 푼돈이나 주고받는 상거래에 한정한다는 논의에 불과했다. 왕조의 기왓장이 허물어져 내리는 최후까지 일반 백성에겐 상업조차 존재하기가 쉽지 않았다.

때문에 우리의 역사에서 어떤 상경이란 있을 수 없었다. 땅을 칠 수밖에 없는 노릇이다. 퇴계와 율곡이 남겼다는 무수한 저서 속에도, 개혁 군주의 아이콘으로 불리며 가난한 백성들을 그리도 생각했다는 정조의 수많은 어록 속에서도, 무려 500권이 넘는 책을 펴냈다는 다산 정약용의 책 곳간 속에서도, 평생 출사하지 않고 종로 거리의 거지 왕초로 살아가면서 애오라지 저작에만 몰두했다는 연암 박지원의 도서 목록에서도, 아니 그들 말고도 문사철의 일체를 추구한다는 조선왕조의 수많은 선비의 서재 어디에서도 찾아보기 어렵다. 누구 한 사람 복숭아씨같이 단단한 그런 불멸의 상경을 남겼다는 이는 끝내 찾을 길이 없다.

우리에게는 왜 가난은 치욕이니 부유한 자가 되어야 한다고 피를 토하듯 부르짖은 역사가 없었는지 안타깝다.

거창한 빈말들이 아닌 역사의 물줄기를 바꾸어낼 그 같은
고뇌가 없었는지, 결과적으로 먹물들의 해오解悟는 있었
을지 몰라도 그것을 헤쳐 나갈 수 있는 대각大覺은 왜 없
었는지 아쉽기 그지없다. 굳이 2천여 년 전까지는 아니더
라도, 아니 근대에라도 누군가 그 같은 상경을 써내고 읽
힐 수 있었더라면, 우리의 역사는 또 어떻게 흘렀을지….

한데 그 같은 역사 속에서 왜 김만덕金萬德(1739
~1812)인가? 지금에 와서 그녀를 새삼 다시 돌아봐야 한
단 말인가?

말할 나위도 없이 그녀의 역사가 지금껏 꿋꿋이 살
아남은 까닭이다. 복숭아씨같이 단단한 상경의 의미를
지닌 때문이다. 여성에겐 바깥출입조차 자유롭지 못했
던 왕조시대에 끊임없이 자신의 꿈을 좇아 오직 '나'로 살
았기 때문이다. 거창한 빈 말이 아닌 온몸으로 '유리천장
glass ceiling'을 깬 실천적 삶으로 역사의 물줄기를 바꾸
어 낸 대각이었기 때문이다. 당대의 우의정(정1품)이었
던 채제공이 한낱 여성 상인에 불과한 그녀를 주목하고

애써 칭송한 「만덕전萬德傳」을 지어 남겼기 때문이다. 사마천이 "지혜로운 자라면 여기서 반드시 깨달은 점이 있어야 한다"라고 목청을 돋운, 곧 그러한 '여기서'를 오롯이 담고 있는 까닭이다. 새삼 지금 김만덕의 역사 근육을 돌아보아야 하는 이유가 딴은 여기에 있음에서다.

1장

내가 되다

우의정 채제공의 「만덕전」

번암樊巖 채제공은 정조(22대) 연간의 이름난 문신이었다. 국정을 대리청정하던 사도세자가 죽임을 당하는 등, 왕조의 기왓장이 속절없이 허물어져 내리고 있을 때 정조와 뜻을 같이 하며 개혁을 이끌었던, 누구도 따를 수 없는 명재상이었다. 당대의 우의정이었던 그가 한낱 여성 상인에 불과했던 미천한 김만덕의 생애를 담은 전기인 「만덕전萬德傳」을 지어 후세에 전하고 있다. 전문이 그리 길지 않기에 옮겨보면 이렇다.

만덕萬德의 성은 김金이다. 탐라(제주의 옛 이름)의 양갓

집 딸이었다. 어렸을 때 부모를 여의고 의지할 데가 없어 한 기녀에게 의탁해서 살았다. 조금 자라자 관아에서 만덕의 이름을 기안妓案에 올려버렸다. 만덕은 비록 머리를 숙이고 기녀 노릇을 할망정 결코 기녀로 자처하지는 않았다.

나이 스무 살이 넘자 만덕이 울면서 자신의 사정을 관아에 호소하니, 제주 목사가 가긍히 여겨 기안에서 빼주고 양민으로 되돌려주었다. 만덕은 비록 살림을 차려 탐라의 사내들을 머슴으로 거느리기는 했으나, 누굴 남편으로 맞이하지는 않았다.

그녀는 재산을 늘리는 데 빼어난 재능이 있어 시세에 따라 물가의 높고 낮음을 잘 짐작하여 사고 팔기를 계속하니. 몇십 년 만에 부자로 명성을 떨쳤다.

우리 임금(정조) 19년, 을묘乙卯(1795)였다. 탐라에 큰 흉년이 들어 백성들의 시신이 산더미처럼 쌓여갔다. 임금은 식량을 배에 싣고 가서 탐라 백성들을 구제할 것을 명했다. 바닷길 800리에 바람 편에 오가는 짐대가 돛단배처럼 빨랐으나 오히려 미치지 못했다.

그러자 만덕이 나섰다. 천금을 희사喜捨하여 육지에서 쌀을 사들였다. 모든 고을의 뱃사공들이 때맞춰 육지에서 당도하자 만덕은 그 가운데 십분의 일을 빌려다가 자신의 친족을 살리고, 나머지 십분의 구는 모두 제주 관아로 보냈다. 먹지 못해 부황난 자들이 소문을 듣고 관아 뜰에 모여들었는데 마치 구름 같았다.

제주 관아에선 굶주린 그들에게 완급을 분류해서 식량을 나누어주었다. 굶주렸던 그들은 모두 만덕의 은혜를 이렇게 칭송했다.

"우리를 살려준 이는 만덕이로다!"

굶주린 백성들의 구제가 끝난 뒤 제주 목사(정3품)가 그 선행에 관한 장계를 조정에 올렸다. 그러자 임금이 가상히 여겨 분부했다.

"만덕에게 소원이 있다면 쉬움과 어려움을 가리지 말고 특별히 들어주도록 하여라."

제주 목사가 만덕을 불러 임금의 분부대로 물었다.

"네 소원이 무엇이냐?"

"별다른 소원은 따로 없습니다. 다만 한성에 한 번 올라가서 임금님이 계신 곳을 바라보고, 아내 금강산에 들어가 일만 이천 봉을 구경한다면 죽어도 여한이 없겠습니다."

본래 탐라의 여인은 바다를 건너 육지에 나가지 못하게 되어 있었다. 이것은 곧 국법이었다.

제주 목사는 그녀의 소원을 상주했다. 임금은 명을 내렸다. 그녀의 소원에 따라 관아에서 여행에 필요한 노수路需와 역마를 내어주고, 또한 음식을 번갈아 제공토록 했다.

마침내 만덕은 배를 타고 만경창파를 건너서 병진(1796) 가을에 한성에 도착해, 좌의정 채제공을 한두 번 뵈었다. 좌의정 채제공은 그 사실을 임금께 아뢴 뒤, 선혜청에 지시하여 달마다 식량을 제공받을 수 있도록 해주었다. 또한 며칠 뒤엔 내의원 의녀로 임시 벼슬을 내려, 모든 의녀의 으뜸인 반수가 되었다. 만덕은 그렇게 전례에 따라 임시 벼슬을 제수받은 다음 대궐로 들어가 임금을 뵐 수 있었다. 임금과 왕비는 궁의 여시女侍를 시켜 말씀을 내렸다.

"네가 일개 여성으로서 의기를 발휘해서 굶주린 백성 천여 명이나 구제했으니 참으로 갸륵한 일이로다."

그리고 상사償賜받은 것이 많았다. 이어 반년이 지난 정사(1797) 춘삼월에 드디어 금강산에 들어가 만폭동이며 중향성의 기이한 풍경들을 죄다 구경하고, 또한 금불金佛을 만나면 반드시 절을 하고 공양을 올려 그 정성을 곡진히 했다. 대저 탐라에는 불법佛法이 들어가지 않은 까닭에 만덕의 나이가 쉰여덟이었는데도 난생처음 사찰과 불상을 마주할 수 있었다.

그녀는 이윽고 안문재를 넘어 유점사를 거쳐 고성으로 하산하기 시작했다. 삼일포에서 배를 타고 통천의 총석정에 올라 나머지 천하의 기이한 풍경을 마저 구경했다.

그런 뒤 다시금 한성으로 올라와 며칠을 머문 뒤, 장차 고향으로 돌아갈 때 대궐에 다시 입궐해 귀향을 아뢰었다. 왕비와 궁에서 각기 앞과 같은 상사를 또 한 번 그녀에게 내렸다.

이즈음 장안에는 만덕의 명성이 자자했다. 공경대부며 선비는 물론이고 계층을 가리지 않고 모두가 그녀의 얼굴을 한번 보고자 안달했다. 그녀는 한성을 떠날 때 좌의정 채제공을 보고 목멘 소리로 말했다.

"이제 이승에서는 대감의 얼굴을 다시 뵙지 못하겠나이다."

만덕은 처연히 눈물을 흘렸다. 좌의정 채제공은 그녀를 위안했다.

"옛날 진시황과 한나라 무제는 나라 바깥에 삼신산三神山이 있다고 하였고, 또 세상에 이르기를 우리나라의 한라산은 곧 그들의 이른바 영주산이요, 금강산은 봉래산인데 넌 이미 탐라에서 낳고 자라 한라산에 올라가 백록담의 물을 먹었을 뿐더러, 또 이제 금강산을 두루 구경했으니 이는 삼신산 가운데 그 두 산을 벌써 다 밟은 셈이 아니겠느냐. 온 천하의 수많은 사내 중에도 이 같은 복을 누린 자가 또 있겠는가. 그럼에도 이제 하직할 때가 되니 도리어 아녀자의 가련한 모습을 보이는 대체 무슨 까닭인고."

그러면서 좌의정 채제공은 얼굴에 미소를 지으면서 자신이 저술한 「만덕전」을 그녀에게 주었다. 이때가 정조 21년 정사(1797) 여름의 하지요, 우의정 채제공의 나이는 일흔여덟이었다. 충간의담헌(채제공의 서재)에서 썼다.

열두 살, 끝내 기생이 되다

김만덕은 영조 15년(1739) 전라도 제주목(지금의 제주도)의 동복마을에서 태어났다. 아버지 김응렬과 어머니 고씨는 평민이었다. 아버지는 육지를 오가면서 자질구레한 물건을 파는 상업으로 생계를 이었다.

그런 김만덕은 어릴 적에 그만 부모를 일찍 잃고 만다. 아버지는 상선을 타고 육지를 왕래하다 풍랑을 만나 배가 좌초하면서 유명을 달리했다. 어머니 또한 아버지가 세상을 뜬 지 얼마 지나지 않아 병으로 세상을 떴다.

지금의 제주시 태성로 사라봉 오거리에 자리한 '김만덕 무덤터 표지석'에서는 다른 기록도 볼 수 있다. 당시 창궐한 전염병으로 부모를 일시에 잃게 되었다고 전한다.

그녀에겐 나이 어린 두 오빠가 있었다고 한다. 하지만 목동으로 살아가며 자기 앞가림조차 하기 어려워, 그녀의 남은 가족은 뿔뿔이 흩어질 수밖에 없었다. 대명천지에 의지할 데라곤 없었던 그녀는 잠시 외삼촌 집에 맡겨졌다. 결국 기생으로 은퇴한 퇴기의 집에 의탁하여 살았다.

조금 자라자 자연스레 관아에선 그녀의 이름을 기안妓案에 올렸다. 12살이라는 어린 나이에 끝내 제주 관아의 기생이 된 것이다.

만덕이란 사람은 제주 관아의 기생으로 성은 김씨였다. 조선왕조에선 흔히 천한 신분의 사람은 성을 쓰지 않았다. 때문에 다만 만덕이란 이름만 불렀다. 원래 평민의 딸이었으나 10살이 되었을 적에 부모를 여의고 창기의 집에 고용되었다. 얼굴이 고와서 관아에 예속된 기생에 뽑혔으며, 기예를 배울 때는 무엇이든 다 잘했다. 성격 또한 활달해서 대장부의 기상이 있었다….

채제공이 김만덕의 전기를 군이 「김만덕전」이라 하지

않고 「만덕전」이라 한 연유를 알 수 있다. 당시엔 신분이 천한 사람은 성을 쓰지 않았다.

아울러 그녀가 어린 나이에 창기의 집에 의탁된 이후 다시 관아의 기생이 될 수 있었던 것 역시 얼굴이 예뻤고, 기예가 뛰어났기 때문임도 알 수 있다.

김만덕은 그같이 운명처럼 기생의 길로 접어들었다. 거역할 수 없는 등 떠밀림에 가야금을 타야 했다. 제주 민요이자 사랑가인 느영나영(너랑 나랑)을 사사대부들 앞에서 불러야 했다.

아침에 우는 새는 배가 고파 울고요
저녁에 우는 새는 임이 그리워 울고요
높은 산 상상봉 외로운 저 소나무
누구를 믿고서 어찌 홀로 앉았나
백록담 올라갈 때 누이동생 하더니
한라산 올라가니 신랑각시 된다네

일락서산에 해는 뚝 떨어지고

월출동령에 달 솟아오른다

저 달은 둥근 달 산 넘어 가고요

이 몸은 언제면 임 만나 사나요

느영 나영 두둥실 놀고요

낮에 낮에나 밤에 밤에나 내 사랑이구나

　하지만 김만덕은 어려서부터 인물됨이 만만찮았다. 남에게 눌려 지내는 법이 없었다. 기생이 되어서도 다르지 않았다. 비록 천한 신분의 기생이라고 하나 어린 나이지만 몸가짐과 일 처리를 함에 있어 명분을 들고 나며 처신하여, 관아의 관리들조차 함부로 업신여기진 못했다고 한다. 채제공은 「만덕전」에 "만덕이 비록 머리를 숙이고 기생 노릇을 하였으나, 자신은 결코 기생으로 처신하지 않았다"라고 쓰고 있다.

　스무 살이 되자 그녀는 마침내 결심하기에 이른다. 기생으로 얻을 수 있는 물질적인 풍요로움을 마다한 채 돌연 정신적 가치를 추구한다. 수모법隨母法에 따라 한 번 기적에 오르면 임의로 빠져나올 수 없는 신분이었는

데도, 오롯이 자신의 꿈을 좇기로 하고 이를 악문다. 사
대부들의 연회장에 나가 창이나 춤으로 흥을 돋우며 살
아가는 '말하는 꽃解語花' 기생이 아닌, 오직 '나'로 살아가
기를 원한다.

하지만 왕조사회에서 신분을 바꾸기란 하늘의 별 따
기만큼이나 어려웠다. 아니 거의 불가능한 일이었는데
도, 그녀는 자신의 신분을 회복하기 위해 결사적으로 몸
부림친 끝에 결실을 거둔다. 마침내 기적에서 빠져나오
기에 이른 것이다.

그런 뒤 아버지의 길을 따른다. 사마천이 말한, "지혜
로운 자라면 반드시 여기서 깨달은 점이 있어야 한다"라
는 그 길 위로 기꺼이 나선다. 자기 역사의 물줄기를 바꾸
어 낸 대각이었던 셈이다.

그러나 채제공 역시 「만덕전」에서 그녀의 신분이 평
민으로 회복된 것이라고 썼으나, 그렇지 않은 다른 기록
도 눈에 띈다. 당시 『정조실록』, 『승정원일기』, 심노숭·조
수삼과 같은 당대 문인들의 기록에서는 그녀를 여전히 '
제주기濟州妓' 혹은 '탐라기耽羅妓'라고 칭하고 있다. 특

히 정조 3년『승정원일기』에선 그때까지도 그녀가 기생의 신분이었음을 다음과 같이 기록하고 있다. "우의정 채제공이 아뢰기를, 탐라의 기녀가 재물을 내어 백성들을 진휼했으나 상을 받거나 신분의 면천免賤하기를 원하지 않고, 다만 한성을 한 번 구경하고 이내 금강산에 들어가기를 원하였습니다."

어쨌든 분명한 건 그녀가 스무 살이 되었을 즈음 스스로 여상인女商人의 길로 들어섰다는 점이다. 여성에겐 바깥출입조차 자유롭지 못했던 왕조시대에 자신의 온몸으로 '유리천장glass ceiling'을 깨는, 실천적 삶으로의 도전에 들어섰던 것이다.

이때까지 조선의 여상인은 김만덕이 처음이었던 걸까? 그건 아닌 것 같다. 그녀와 같은 시대를 살았던 단원檀園 김홍도의 그림인 〈행려풍속도병〉에는 포구에서 소금과 생선을 광주리나 항아리에 담아 머리에 이고 어디론가 향하는 한 무리의 아낙네들이 그려져 있다. 소금 장수와 생선 장수다. 혜원蕙園 신윤복의 그림 〈혜원전신첩〉에서도 여상인을 보게 된다. 여인이 술청에 앉아, 술독의 술을 국자로 퍼서 잔술로 팔고 있는 모습이다.

뿐만 아니라 간혹 거상도 없지 않았던 것 같다. 『청구야담靑邱野談』의 「감초」 편에 이런 얘기가 있다.

가난한 선비에게 시집간 여인이 있었다. 선비는 배고픔을 참아가며 책만을 읽었을 뿐, 집안 살림은 전혀 돌보지 않는 사람이었다. 사정이 이렇다 보니 여인은 친지에게 돈 천 냥을 빌려 선비가 가르치는 학동들에게 감초만을 집중적으로 사들이게 했다. 이렇게 몇 달을 계속하자, 시중에 감초가 바닥났다. 그 값이 무려 5배나 뛰었다. 그녀는 이때 감초를 팔아 무려 3~4천 냥에 달하는 돈을 벌어들였다. 이후 그녀는 집을 사고 노비와 살림살이를 늘려 큰 부자로 살았다….

특정 상품을 매점해서 거금을 벌었다는 기록은 또 있다. 「치산필담此山筆談」에 등장하는 여상인이다.

흉년에 갓난아이를 업고 여기저기 구걸하러 다니는 어느 여인이 있었다. 하루는 그녀가 경기도 광주 송파 인근의 객주客

主 앞에서 추위와 굶주림에 떨고 있는데, 지나가던 어느 양반이 그녀에게 돈 두 꾸러미를 적선하였다. 그 양반은 경주에 사는 김 선달로, 한양에서 노름으로 재산을 탕진하고 고향으로 내려가던 길이었다. 이후 어느 여인은 그 돈을 밑천 삼아 담배를 사고팔았다. 20여 꾸러미의 돈을 벌었다. 그러자 객주 한 칸을 세내어 어물, 과일, 마늘 따위를 사고팔았다. 얼마 가지 않아 여러 곱의 이윤이 남자, 돈이 늘어남에 따라 점방도 커져갔다. 그러면서 점차 거래 상품도 늘려나가 짚신이며 미투리, 종이, 비단 등 손쉽게 교역할 수 있는 것까지 손을 댔다. 떡이며 술 등 갖가지 음식물도 늘려나갔다. 그렇게 10여 년이 흐르면서 마침내 수만 냥에 달하는 큰 재산을 갖게 된 그녀는, 남대문 밖의 두 번째 집으로 이사를 했다. 그리고 자식을 경주로 보내 김 선달을 맞아 재혼하고 행복하게 살았다….

이같이 여성에겐 바깥출입조차 자유롭지 못했던 왕조시대에도 드물기는 하여도 여상인이 아주 없었던 건 아니다. 큰돈을 벌었다는 거상도 있었다.

그러나 육지에서 멀리 동떨어진 제주도라는 환경은

뭍과 사뭇 다른 조건이었다. 800리 망망대해를 건너야 하는 바닷길은 그 조건이 또 다를 수밖에는 없었다. 그녀가 마땅히 건너야 할 바다이기도 했다.

배가 들어온다, 배가 들어온다!

    육지에서 멀리 동떨어진 제주도 사람들에게 벼락처럼 들려오는 소리는 늘 한결 같았다. '배가 들어온다, 배가 들어온다'는 외침만큼 귀를 번쩍 뜨이게 하는 소리도 없었다. 그동안 수많이 반복해서 들었다 하더라도 그보다 반가운 소리도 딴은 또 없었다. 그들에게 배가 들어온다는 누군가의 신호는 코흘리개 아이들에서부터 섬사람 모두를 들뜨게 만드는 외침이 아닐 수 없었다.

    그 소리는 800리에 달하는 망망대해를 건너 육지와 연결되는 순간임을 알려주었다. 육지와 맞닿아 소통할 수 있는 통로였다. 비로소 육지의 체취를 느낄 수 있는 유일한 시간이기도 했다.

그러잖아도 김만덕이 살았던 조선 후기에 접어들면, 이앙법 등의 보급으로 쌀의 수확량이 크게 늘어났다. 덩달아 인구의 증가 등에 따라 기존의 상업 활동, 예컨대 도성 안의 종루 육의전六矣廛을 비롯한 기존의 보부상을 넘어, 한강을 중심으로 시나브로 세력을 키운 새로운 경강京江상인들이 속속 등장하기에 이른다. 또한 지역마다 포구를 중심으로 크고 작은 상업 활동이 눈에 띄게 활발해지기 시작한다. 제주 포구 역시 다르지 않았을 것으로 짐작된다.

더구나 제주도는 화산섬이라서 토지가 척박했다. 왕조가 지향하는 억말무본(抑末無本)이라는 국시에 따라 농업은 장려하되 상업을 억제했다지만, 제주도는 달랐다. 우선 농업만으로는 생계를 유지하기가 어려웠다. 『세종실록』에서도 "제주의 토지는 본래 척박해서 제아무리 부지런히 일해도 공은 100배나 들지만 항상 한 해 동안의 양식을 삼기에는 부족함이 있다. 이로 말미암아 농사를 짓지 아니하고 상업에 힘쓰는 자가 자못 많다"라고 기록되어 있을 정도다. 예부터 제주도는 다른 지역과 달리 상대적으로 상업과 어업이 더 발달했음을 알 수 있다.

김만덕 역시 이 같은 분위기에 따라 제주 포구에서 상업에 첫발을 들여놓았을 것으로 보인다. 어린 시절부터 늘 듣고 보아온 '배가 들어온다'는 그 배를 이용한 상업 활동 곧 객주客主의 시작이었다.

객주란 딴 게 아니었다. 조선 후기에 접어들면 으레 포구마다 대량으로 물화를 싣고 드나드는 상선의 입출항이 빈번했고, 그들의 거래를 주선해주는 객주가 포구마다 으레 자리하기 마련이었다.

객주가 하는 일은 생산지에서 상선이 대량으로 싣고 온 물화를 지역의 대상大商 혹은 행상에게 주선해주는 중개가 대표적이었다. 객주는 거래를 주선해주고 구문口文이라는 일종의 수수료를 받았는데, 따라서 객주의 거래 규모는 꽤나 클 수밖에 없었다. 다시 말해 도매의 성격을 띠었다고 보면 된다.

그밖에도 부수적으로 하는 일이 적잖았다. 보부상과 같은 행상들을 상대로 숙박과 화물 보관, 화물 운송, 금융 따위의 서비스업이 그것이다. 요컨대 객주가 하는 일이란 중개 혹은 도매, 숙박, 화물, 금융에 이르기까지 폭넓었다. 재주를 발휘한다면 객주가 큰돈을 벌 수 있는 루트는 다양했다고 볼 수 있다.

그러나 김만덕이 처음부터 이 같은 다양한 경로를 꿰고서 객주를 시작한 것으로 보이진 않는다. 한 톨의 작은 겨자씨가 대지 위에 뿌려져 이윽고 수풀을 이뤄나가듯, 그녀 역시 맨 처음엔 아주 사소한 관심에서부터 출발하였을 것으로 여겨진다. 더욱이 손에 쥔 자본도, 벌어놓은 객주의 규모도 별반 크지 않았을 것으로 짐작된다.

예컨대 객주의 사업 분야인 중개 혹은 도매, 숙박, 화물, 금융 가운데서 어느 한 분야에 우연찮게 발을 들여놓게 되면서 시작한 남다른 객주였을 것으로 짐작된다. 또 그렇게 시작된 객주에서 다름 아닌 사마천이 이른 '지혜로운 자라면 여기서 반드시 깨달은 점이 있어야 한다'는, 그런 큰 깨달음을 얻는 것 같은 순간이 분명 있었을 거라고 생각된다. 비록 여성의 몸이지만 자신도 하면 할 수 있으리라는 어떤 자신감도 좋고, 어떤 계시 같은 소명이라도 상관이 없다.

그렇다 하더라도 처음 가는 길이 으레 그렇듯 그녀 역시 쉽지만은 않았을 터. 사소한 관심에서부터 비롯되어 그녀가 객주의 한 분야를 남다르게 시작했을 때 가장 먼저 부닥친 어려움은 전혀 생각지 못한 데서 불거졌다.

무엇보다 먼저 뿌리내린 토착 객주들의 횡포를 이겨 내야 했다. 그녀의 남다른 객주 활동, 예컨대 기존의 객주 활동에선 좀처럼 찾아보기 드문 정확성이랄지 신뢰감, 혹은 저렴한 구문이랄지, 하다못해 친절함 따위가 먹혀들어 지역의 대상 혹은 행상이 그녀와 반복해서 거래했을 수 있다.

다시 말해 토착 객주의 처지에서 볼 땐 지역의 대상 혹은 행상의 시장을 그만큼 그녀에게 빼앗긴 셈이다. 비록 많지 않은 수효라 할지라도 그녀만을 한사코 찾아가는 꼬락서니를 차마 두고볼 순 없었으리라.

결국 토착 객주들이 연대하여 여성 객주 김만덕을 제거하기 위한 대응에 나섰다. 집단 따돌림부터 시작해서 갖가지 방해 공작이 줄을 이었다. 집요하면서도 비정하기 이를 데 없는 텃세였다.

하기는 김만덕이 상업에 발을 들여놓은 18세기 후반은 시전市廛(시장) 상인이나 토착 상인들의 전횡이 극심한 시기였다. 그들은 조정이나 관아에 필요한 물품을 조달하거나 세금을 납부하는 대신에, 그야말로 저승사자와도 같은 '금난전권禁亂廛權'을 보검처럼 마구 휘둘러오고 있었다. 물려받은 토지라곤 없어 장사라도 해서 입에 풀칠이라도 하고 싶었지만 아무나 장사를 할 수 없도록 만들어진, 조선 초 이래 백성들의 원성을 사고 있는 해괴한 악법이 그것이었다.

금난전권, 아무나 장사를 할 수 없어

'금난전권'이라는 해괴한 악법이 조선 초 이래 무려 3백 여 년 동안이나 존속될 수 있었던 건 참으로 이해하기 어렵다. 물려받은 토지조차 없어 장사라도 해서 입에 풀칠이라도 하고 싶었으나 조선에선 아무나 장사를 할 수 없었다. 상인이 되고 싶다고 해서 아무나 상인이 될 수 있었던 나라가 아니었다. 태조가 조선왕조를 개국한 이래 유교를 통치 이념으로 삼으면서 농업을 천하지대본天下之大本으로 삼은 데 반해 상업은 미천한 말업末業이며, 일반 백성들에게 시장과 상업을 허락할 수 없다는 추상과도 같은 국시에서 비롯된 것이었다.

그럼에도 시장을 열고 상업 활동을 자유로이 벌일 수

있도록 허락받은 이들도 없지는 않았다. 국가로부터 허락받은 '종루 육의전六矣廛'의 3,000여 개에 달하는 시전(상점)의 상인이 그들이었다.

종루 육의전이란, 도성 안의 한복판이랄 수 있는 종루(지금의 종로) 사거리 일대에 자리한 시장을 통칭했다. 이들 시전 상인들은 종루 육의전에서 일반 대중의 소비 수요에 부응하고자 갖가지 상품을 판매하는 한편, 관청의 수요품이나 생필품을 공급하기도 했다. 국가 권력과도 밀접하게 관련되어 있을 수밖에는 없었다.

이처럼 종루 육의전은 관설官設로 이루어져 있어, 그곳에서 장사를 하는 시전 상인들은 반드시 일정한 국역國役을 부담해야 했다. 이들이 부담해야 할 국역은 주기적으로 상세(상업세)와 공랑세(건물세)를 내는 것, 책판과 잡역 따위들이었다. 또 그런 대가로 이들만이 독점적 상업 활동을 국가로부터 허가받았다.

조선왕조의 법전인『경국대전』에 따르면, 상세는 시전의 등급에 따라 매월 저화(화폐처럼 통용되던 종이) 3~9장으로 정해졌고, 공랑세는 시전의 칸마다 봄과 가을 두 차례에 걸쳐 저화 20장씩이 부과되었다. 책판은 국가의 임시 수요 물품이나 외국의 사신을 응대할 때 필요한 물품을 공급하는 것이며, 사신과의 교역에도 마땅히 응해야 했다. 마지막으로 잡역은 국장國葬이나 왕릉 따위의 조성 공사에 출역하는 것이었다.

이같이 조선왕조는 종루 육의전의 시전을 제도적으로 보호하는 한편, 시전 체제를 지속시키고자 애썼다. 그리하여 왕조와 종루 육의전은 오랫동안 공존공생 관계를 유지해왔다.

요컨대 조선왕조는 종루 육의전으로부터 필요한 물자와 세금·국역 따위를 안정적으로 공급받는 대가로 그들에게 자금을 대여해주기도 했다. 또 외부로부터 이들 상권을 보호하고자 그들 이외의 모든 상업 활동을 불법 행위로 여겨 금지했다. 이른바 금난전권과 같은 별도의 특권을 시전상인들에게 부여했다. 그런 결과 종루 육의전은 조선 초 이래 군건한 조직체를 형성할 수 있었다.

여기서 금난전권이라 함은 아무나 장사를 할 수 있는 난전亂廛을 불법 행위로 금지하되, 종루 육의전의 시전 상인들에게만 부여하는 권한塵權을 뜻한다. 다시 말해 난전을 막을 수 있도록 종루 육의전의 시전 상인들에게 일정한 권한(?)을 준다는 특권이었다.

특권이란 다른 게 아니었다. 종루 육의전의 시전들이 난전을 막을 수 있도록 일종의 사병私兵과도 같은 무뢰배들을 집단적으로 혹은 개별적으로 고용할 수 있게 했다. 개국 이래 무려 3백여 년이 넘도록 체제를 철옹성처럼 지속해올 수 있었던 이유다.

한데 종루 육의전의 시전들이 '무뢰배들을 고용했다'는 대목에 눈길이 간다. 혹시 일제 식민지시대 또는 8·15 해방 공간에서 두툼한 마카오 양복을 빼입고 중절모까지 제법 눌러쓴, 한때 종로 거리를 주름잡았다던 주먹들을 일컫는 건 아닌지 모르겠다.

그렇다. 좀 더 뒷날의 얘기이긴 하지만, 임권택 감독의 영화 〈장군의 아들〉로 널리 알려진 종로 2가 우미관 극장 골목의 주먹 김두한을 필두로 구마적과 신마적, 또한 이들을 꺾기 위해 호시탐탐 기회를 노리며 날이 선 니뽄도를 뽑아들었다던, 충무로 일대 혼마치 거리의 하야시 역시 이 같은 금난전권과 결코 무관치 않았다. 왕조의 기왓장이 이미 허물어져 내린 뒤에도 그들이 육의전을 무대로 한 구 상권인 종로와 일본인 거주 지역을 무대로 한 신 상권인 충무로 거리를 무대 삼아 한 시대를 살아간 것이야말로 어떤 우연이 아닌 역사의 필연이었던 것이다.

그것은 마치 동전의 양면과도 같았다. 바늘 가는 데 실이 따라 가는 것처럼, 상업은 언제나 주먹과 궤를 같이 했다. 왕조시대가 종식된 이후에도 일제 식민지시대를 거쳐 8·15해방 공간에서조차.

암튼 조선왕조와 종루 육의전은 오랫동안 공존공생의 긴밀한 관계를 유지해왔다. 국가가 종루 육의전으로부터 필요한 물자와 국역을 공급받는 대신, 이들 시전 상인들이 전국적으로 상권을 확장해 나갈 수 있도록 이른바 금난전권을 비롯한 별도의 특권을 부여하면서 서로의 목적을 충분히 달성하고 있었다.

그러나 바람 불지 않는 세상이란 또 없었다. 인구의 증가, 생산력의 증대, 조선 말에 일어난 돈으로 사대부가 되는 신분제의 변동 현상과 같은 누적된 사회 요인으로 말미암아 철옹성 같던 조선의 상계도 점차 바람을 타기 시작한다.

그 결과 국가로부터 허락받은 종루 육의전의 시전 상인들 말고도 경강(한강 포구) 상인과 같은 사상인私商人들이 날로 늘어났다. 또 그런 사상인들의 증가로 말미암아 조선의 상계는 비로소 독점 체제를 무너뜨리고 경쟁 관계에 돌입하면서, 종루 육의전의 시전 상인들은 거센 도전을 받기에 이른다.

저간의 사정이 이쯤 이르자 국가에서도 어떤 입장을 표명하지 않을 수 없었다. 임진왜란(1592)과 병자호란(1636)을 잇따라 겪으면서 식유민천食有民天, 곧 백성들의 기본적인 호구는 충족시켜 줘야 한다는 유교적 신념에 따라, 김만덕이 살았던 정조(22대) 연간에 이르러서는 일반 백성이면 누구나 장사를 할 수 있도록 하는 조치를 내린다. 이른바 통공通共정책의 시행이었다.

문제는 실천이었다. 수백 년 동안 누려오던 금난전권의 특권을 아무 소리 도 하지 않고 순순히 내려놓을 시전 상인은 없었다. 제아무리 지엄한 국법일시라도 먼저 봄이 기억하는 대로 따라가기 십상이었다.

백성들의 아우성은 그칠 줄 몰랐다. 통공정책이 선포되었는데도 저잣거리에서의 구태는 여전했다. 시전 상인들의 전횡은 조금도 변함이 없었다. 무뢰배들을 동원한 금난전권의 특권은 여전히 전가의 보도처럼 휘둘러졌고, 그 같은 분위기를 거슬리기란 계란으로 바위치기였다.

결국 길거리에서 서민들을 상대로 하찮은 푼돈이나 주고받는 상거래에 한해서는 눈 감고 아옹해주되, 본격적인 상인의 출현은 아직도 어림없음을 여실히 보여주었다. 헌종(24대) 연간에 이르러 달라진 거라곤 없는 종루 육의전의 체제와 그들만의 특권이었던 금난전권 역시 모두 혁파되어야 마땅하다는 백성들의 목소리가 다시금 봇물처럼 터져 나온 것도 그런 이유에서였다.

물론 지금까지 살펴본 바로는 주로 한성의 종루통, 육의전 중심의 얘기이긴 하다. 당시 제주목에도 꼭 이와 같았을 것이라고 명확히 말할 순 없다. 하지만 일부 사료에선 비단 한성만이 아닌 개성, 나주, 경주, 전주 등지의 지방 도시에서도 그러한 사상인들이 존재했다는 주장을 볼 수 있다.

　김만덕 또한 이제 막 상업의 길에 들어섰을 때 정도의
차이는 다소 있을지언정 이 같은 격랑 속에 있었음이 분
명하다. 먼저 뿌리내린 토착 객주들의 대척을 이기지 못
해 처음 한동안에는 실패의 쓴맛도 보았을 터. 집요하면
서도 비정하기 이를 데 없는 텃세에 그만 좌절의 순간을
이겨내야만 했다. 실패를 거울삼아 다시금 또 홀로 일어
서야 했다.

18세기, 옛 시장을 가다

　여상인女商人 김만덕의 등장에서 볼 수 있듯이 조선 후기에 접어들면 추상같던 '억말무본'의 근간에 서서히 균열이 가기 시작한다. 마치 자연 현상과도 같이 국토의 전역으로 빠르게 확대되어갔다.

　하지만 조선왕조가 우려했던 이유는 정작 딴 데 있었다. 농촌에서 이탈한 자들이 이런 시장을 배경으로 살아가다가 종래에는 이들이 도적의 무리가 되고 만다는 것이었다. 전국적으로 도적이 성행하게 된 원인이 다른 데 있는 것이 아니라 순전히 시장이 열리게 되면서 백성들이 농업을 버리고 상업을 따르기 때문이며, 그런 만큼 도적의 발생을 줄이고 왕조의 근본이 되는 농업에 더욱 힘

쓰기 위해서라도 반드시 시장을 금해야 한다는 논란이었다.

『성종실록』에는 성종 원년(1470)에 극심한 흉년이 들어 먹고 살 길이 없자 신숙이 다음과 같이 말한 것이 기록되어 있다. "전라도 나주와 무안 지방의 백성들이 스스로 모여 시포市鋪를 열고 유무상통有無相通하므로 많은 사람이 보전케 되었다." 지방에선 이미 조선 전기에 시골장이 나타났음을 알려주는 이 같은 사실에 조선왕조가 크게 우려했다는 것은 두말할 나위도 없다.

이 같은 사실은 당시 나주와 무안에서 시장이 처음 열렸을 때 전라도 관찰사(종2품) 김지경이 올린 장계에서도 여실히 드러난다. 비록 소유한 물건을 소유하고 있지 않은 물건과 맞바꾸는 물물교환 방식이라곤 한다지만, 이 같은 상행위는 결국 농업을 버리고 말업(상업)을 따르는 것에 다름 아니었다. 그로 말미암아 물가가 오르고 이익은 적어져 해로운 것이 더 많다고 한 장계의 내용에서도 미뤄 짐작해 볼 수 있다.

중종 때의 지사(정2품)인 장순손 또한 이런 말을 덧붙이고 있다.

지금 외방(지방을 일컬음)에 또다시 시장의 폐단이 생기고 있습니다. 백성이 다들 이것에 의지하여 매매하는데, 도둑의 장물도 많이 섞여 팔리고 있다 하옵니다. 백성이 모두들 이렇게 놀고먹으므로 전답이 묵어 황폐해졌다는 것입니다···.

지사 장순손은 허락받지 않은 시장이 지방에 열리기 시작하면서, 백성들이 근본인 농사는 짓지 아니하고 장사로 놀고먹기 때문에 논밭이 황폐해졌다는 지적이다. 더욱이 도둑의 장물까지 처분되는 장소로도 이용된다는 우려였다.

그럼 조선 후기에 접어들면서 국토의 전역으로 확대되었다는 장터의 모습은 어땠을지 궁금하다. 고종 30년(1893)에 처음 조선을 방문한 영국인 이사벨 비숍의 파란 눈에 비친, 생게망게했을 옛 어느 지방의 장터 풍경을 따라가 본다.

늘 권태롭고 단조로운 모습이던 마을에 장날이 돌아오면, 온통 생기가 넘쳐나면서 사람 떠드는 소리로 야단스럽다. 관아에서 장터로 지정해준 장소로 향하는 좁다란 길에는 이른 새벽부터 부산한 농부들로 가득 메워진다. 그들은 주로 닭이나 돼지는 물론 짚신·머리에 쓰는 갓·나무 주걱과 같이 자기들이 생산한 물건들을 장에 내다 팔거나, 다른 물품과 물물 교환하기 위해서 장터로 향했다.

반면에 큰길은 상인들의 차지였다. 좀 더 정확히 설명하면 무거운 짐을 진 짐꾼들이나 소 잔등에 물건을 잔뜩 싣고 가는 행상인들의 행렬로 장사진을 이뤘다.

그 행상인들은 날짜를 맞추어 인근 지역에서는 모든 장터를 두루 돌아다녔다. 하지만 그들 가운데 일부만이 장터에 차양을 치고 앉아 여러 가지 종류의 종이랄지 견포絹布·견사絹紗·허리띠로 사용되는 끈·단추·감은 견사·작은 거울·담배 지갑·남성용 빗·바지끈·거울이 달린 상자 등을 판매할 수 있을 뿐, 그 나머지 사람들은 어쩔 수 없이 노상에 자리를 잡아야 했다.

하지만 장터를 찾는 대부분 사람의 수요나 기호에 맞는 상품들은 노상의 낮은 쇼판이나 그저 맨땅의 거석때기에 신열되어 있기 마련이었다. 물론 그런 노상의 상인들은 남의 집 앞 공간을 사용하는 대가로 집주인에게 약간의 돈을 지급해야 하는데, 좌판 위에 진열하고 있는 상품들이란 대개 다음과 같았다.

제법 큰 엿(어떤 것은 참깨가 붙어 있는 것도 있다)에서부터 대량으로 판매되는 감미식품(각종 양념류), 여러 가지 직물(영국이나 일본제 모직물, 면직물도 있음), 국산 희귀 견직물, 주로 정기적으로 열리는 장터에서 팔리는 염료나 형광염료 등은 물론이고 긴 담뱃대, 젊은 층에 보급되어 있는 일본제 권연초, 성냥, 가죽가방, 나무빗, 금실이나 은실이 끄트머리에 달려 있는 머리핀, 은전을 넣어두는 돈지갑 등이 눈에 띈다.

그런가 하면 맨땅에 깔려 있는 거적때기 위에는 짚으로 만든 돗자리며, 짚신과 노끈으로 만든 신발, 규석, 조잡하고 거친 국산 견직물, 수요가 많은 말고삐用 줄, 빗자루, 나막신, 검은 유포油布, 짚, 갈대, 대나무로 만든 갖가지 형태의 갓이 진열되어 있었다. 또한, 국산 철제 상품으로 음식을 조리하는 데 사용하는 식칼이나 그릇, 삽자루, 문고리, 못, 망치, 각종 뿌리채소 등이 풍성했다. 과일은 크고 딱딱한 돌배에서부터 밤, 땅콩 등이 거적때기 위에 수북이 쌓여 있었다….

장터 바닥으로 좀 더 깊숙이 들어갈수록 갖가지 생활 잡화를 파는 시전들이 줄을 잇기 마련이었다. 사람들이 살아가는 데 필요한 온갖 상품들이 장터 바닥에 수를 놓았을 법하다. 김만덕이 활약했던 제주목의 시전 바닥이라고 별반 다를 게 없었다.

또 이같이 와자지껄한 시전 바닥에는 시전을 찾은 사람들을 상대로 온갖 상인들조차 시끌벅적했다. 전국의 4대 상단商團, 예컨대 고려 때부터 뿌리 깊은 개성의 개성상인, 평양을 근거지로 삼은 평양상인, 압록강 너머 중국과의 국경무역을 통한 의주의 만상灣商, 그리고 바다 건너 일본과 교역하고 있는 부산의 동래상인들에서부터 갖가지 상품을 운송해온 보부상들은 물론이고, 이른바 '쭉정이 상인'들마저 흥뚱항뚱 귀가 떨어져라 소란을 떨기 마련이었다.

쭉정이 상인이란 다른 게 아니었다. 교활하고 얄미운 태도를 일컬어 흔히 '가살'이라고 했다. 성미가 온당치 못할 뿐더러 괴상스럽고 되바라진 언행을 하는 이를 흔히 '

야살꾼'이라 일컬었다. 돈푼깨나 만진다고 거드름을 피우는 상인을 흔히 '거드름쟁이'라고 일컬었다. 깨나 다부지고 암팡스러운 상인을 흔히 '부라퀴'라고 일컬었다. 심술 궂게 욕심을 부리는 상인을 흔히 '몽니쟁이'라고 일컬었다. 이끗을 위해서 온갖 지저분하게 구는 상인을 흔히 '오사리잡놈'이라고 일컬었다. 이끗을 위해서라면 모질고 악착스럽게 구는 상인을 흔히 '악바리'라고 일컬었다. 이끗을 위해서라면 속임수를 부려서라도 남의 돈을 갈취하거나 제법 그럴듯하게 꾸며대는 상인을 흔히 '야바위꾼'이라고 일컬었다. 이끗을 위해 어수룩하고 만만한 이를 홀대하는 상인을 흔히 '쟁퉁이'라고 일컬었다. 마지막으로 유난히 욕을 많이 얻어듣는 상인을 흔히 '욕감태기'라고 했는데, 이처럼 곧잘 욕을 얻어듣는 상인들까지 모두 쭉정이 상인이라고 지칭했다.

화산섬이라서 토지가 척박하여 농업만으로는 생계를 유지하는 것이 어려워, 예부터 다른 지역보다 상대적으로 상업이 발달했던 제주목의 시전 바닥 또한 별반 다르지 않았을 것으로 보인다. 스무 살이 될 즈음 여상인의 격

랑 속으로 뛰어든 김만덕이 스스로 건너야 할 바다이기

도 했다.

첫 도전

스무 살이 될 즈음 여상인의 격랑 속으로 뛰어든 김만덕은, 마침내 자신의 첫 발걸음을 조심스레 내딛게 된다. 남성들이 지배하고 할거하는 상업의 세계에 뛰어들어 스스로 바다를 건너야 했다.

첫 도전을 한 곳은 제주 포구였다. 어려서부터 귀에 못이 박히도록 들어왔던, 배가 들어온다는 반가운 소리가 들리는 제주 포구에서 처음으로 시작되었다. 어차피 상업의 길로 나서기 위해선 무엇보다 800리 망망대해를 건너온 상선부터 붙잡아 거래를 터야만 했다.

하지만 배가 들어온다는 반가운 소리도 잠시였다. 배가 들어온다는 반가운 소리에 그녀 역시 제주 포구로 뛰어나가 보았으나, 누구 한 사람 그녀에게 눈길조차 주지 않았다. 상선이 포구에 들어올 적마다 상대하는 이가 따로 정해져 있는 것처럼, 그때마다 다른 객주들이 앞으로 우르르 나서곤 했다. 이전부터 상선과 거래를 지속해온 객주였다. 온종일 포구에서 서성거려 보았지만 단 한 사람도 그녀를 거들떠보려 하지 않았다. 첫 거래를 트기가 생각처럼 쉽지만은 않았다.

"이젠 돌아가는 게 좋을 거야."

오가는 사람들은 그만 포기하라고 했다. 장사는 아무나 할 수 있는 게 아니라고 비웃었다.

"저 여자 관기 아니었어?"

"아, 그럼 하던 기생질이나 속 편하게 계속할 일이지. 재수 없게 여자가 장사는 무슨?"

포구에 몸 붙이고 살아가는 사람들마다 하나같이 뱀을 본 새가 짖어대듯 했다. 물과 기름처럼 다른 김만덕을 결코 받아들여줄 생각이라곤 없어 보였다. 돌아오는 건 오로지 차가운 눈총과 싸늘한 냉대뿐이었다.

그렇대도 물러설 순 없었다. 상업의 길로 들어서기 위

해선 어떻게든 포구에서 버텨야만 했으며, 또한 어떻게든 그곳에서 새로운 길을 열어야만 했다.

"이보게, 해 떨어졌네. 언제까지 그러고만 있을 건데?"

이윽고 수평선 너머로 해가 뉘엿뉘엿 저물어갔다. 온종일 사람들로 북새통을 이루던 포구도 어느덧 땅거미가 내렸다. 이따금 오가는 사람이 홀로 남겨진 그녀를 보고 혀끝을 끌끌 찼다.

김만덕은 아무 말 없이 수평선만을 바라보았다. 바위처럼 우두커니 서서 상선이 들어오는 길목을 공허한 눈길로 지켜보고 있었다. 어떤 기적이 일어날 때까진 포구를 결코 떠나지 않으려는 듯 미동도 하지 않았다.

바다는 어느새 어둠 속으로 속속 잠겨 들어갔다. 파도는 여전히 흰 거품을 토해내며 포구의 해변을 물어뜯었다. 낮에서 밤으로 바뀌었지만 성난 바다는 좀처럼 가라앉을 줄 몰랐다.

"… 아직 여기에 있었어?"

보다 못한 양어머니가 작은 등불을 들고 포구까지 마중 나왔다. 일찍 부모를 잃고 오갈 데 없는 자신을 거두어

키운 늙은 퇴기였다.

그녀는 늙은 퇴기를 돌려세웠다. 바닷바람이 차갑다며 서둘러 집으로 돌려보냈다.

"언제까지 여기에 있으려고?"

늙은 퇴기는 걱정스러워 말끝을 흐렸다.

"하늘로부터 어떤 응답이 있을 때까지요."

"만일… 없으면…?"

그녀는 비장한 어조로 대답했다. 결코 응답이 있을 때까지 기다리겠다며 어두운 밤바다에 눈길을 주었다.

늙은 퇴기는 그녀의 손에 작은 등불을 들려주었다. 무슨 얘길 해도 결심이 꺾이지 않을 것을 아는 듯 말없이 돌아서갔다. 다시 아무도 없는 어두운 포구에 그녀 혼자만 남겨졌다.

(…아, 이대로 돌아가야 한단 말인가? 정말 하늘로부터 나는 아무런 응답도 받지 못할 운명이란 말인가?)

쓸쓸한 바닷가에서 칠흑보다 더한 절망감에 속절없이 빠져들었다. 해변을 물어뜯는 거친 파도 소리만이 악귀처럼 날뛰는 바닷가에서 그녀는 어느새 눈가에 눈물이 그렁그렁해져갔다. 이젠 너무 깊이 빠져들어 영영 헤어날 수 없을 것 같은 절망의 끄트머리에 서서 서서히 고개를 내저었다.

(…?)

바로 그때였다. 그녀의 시선 끝에 들어온 어떤 희미한 움직임에 잠시 숨을 멈추었다. 검은 바닷속에 마치 몸부림 같은 어떤 무언가가 분명 그녀의 눈길에 포착되었다. 몸부림은 한순간 검은 바닷속으로 사라졌다가 다음 순간 다시금 나타나길 반복하고 있었다.

(그래, 저건…!)

단번에 상선이라고 확신했다. 헛것이 아니라 분명 상선을 본 것이라고 속으로 소리쳤다.

(맞아, 상선이 틀림없어.)

그녀는 뛰기 시작했다. 포구에서 가까운 주막으로 뛰어 들어갔다. 상선이 들어온다고 소리치면서 말들이 먹다 남은 마른 풀이며 지푸라기 따위를 얼마 가량 얻어냈다. 포구까지 다시 뛰어와 마른 풀이며 지푸라기 따위에 작은 등불의 불을 옮겨 붙였다. 마른 풀이며 지푸라기에 모닥불을 지폈다. 어두운 포구에 이내 화염이 치솟았다. 불길이 포구를 한동안 환히 비추었다.

그 사이 검은 바닷속에서 격랑으로 몸부림치던 상선이 조금 더 분명해졌다. 가까워져 보였다. 이제는 누가 보아도 상선이 틀림없을 만큼 또렷이 보였다.

"여기요! 여기요!"

어두운 바다를 향해 그녀는 소리쳤다. 격랑 속에 몸부림치는 상선이 무사히 포구에 도달할 수 있길 간절히 염원했다. 포구의 다른 주막으로 달려가 마른 풀이며 지푸라기 따위를 또다시 얻어다 꺼져가던 불씨를 다시금 살려내고는 했다.

"…아, 이번엔 정말 죽었다 살아났네."

격랑에 몸부림치던 상선이 포구에 가까이 다가올수록 속력이 부쩍 되살아났다. 저만큼 상선 위에 뱃사람들이 보인다 싶었는데, 어느새 포구 안으로 배가 미끄러져 들어섰다. 닻이 풍덩 던져지고, 포구에 밧줄이 꽁꽁 묶인 다음에야 선원들은 가슴을 쓸어내렸다. 이번 뱃길이 유난히 힘들었다며 푸념처럼 저마다 한마디씩 했다.

당시 제주도를 오가는 상선에는 으레 두 개의 큰 돛이 있기 마련이었다. 한데 큰 돛 하나가 돌풍에 부러져 기능을 하지 못한 데다, 풍랑까지 거칠어지면서 하마터면 배가 전복될 뻔했다며 무용담을 한참 늘어놓았다.

그러면서 오롯이 김만덕에게 공을 돌렸다. 때마침 지핀 모닥불이 어두운 밤길을 밝혀주는 등불이 되어주었다며 무사히 항해를 마친 경위를 밝혔다.

"어디서 온 상선이오?"

그녀가 궁금해서 물었다. 하늘이 준 기회라고 생각했다.

상선은 전라도에서 소금을 싣고 온 배였다. 상선의 선장인 듯한 턱수염이 덥수룩한 사람이 그녀에게 무엇 하는 사람이냐고 물었다. 김만덕은 조금도 망설이지 않고 객주라고 자신을 밝혔다.

분위기는 우호적이었다. 그녀가 무슨 청을 한다 해도 다 들어줄 것만 같았다.

"그런데 처음 보는 객주네."

상선과 거래를 원한다는 그녀의 청을 듣고 털보 선장

은 허탈하게 웃었다. 전라도에서 좋다는 소금을 골라 싣고 출항했건만, 항해 도중에 큰 돛 하나를 잃으면서 풍랑을 이기지 못해 바닷물이 배 안으로 유입되었다고 난감해했다. 소금을 망쳤다는 것이다.

더욱이 상선은 제주의 다른 객주와 아주 오랫동안 거래를 해온 터이기에, 그나마 그녀의 청을 들어줄 수 없는 처지였다. 자신들을 어두운 바다에서 인도해준 은인이라고 깍듯하게 고마움을 표하면서도 어쩔 수 없는 상황에 안타까워했다.

"인연이 닿으면 다음에라도 좋은 거래가 생길지 어떻게 알겠나?"

뱃사람들은 포구에서 총총히 멀어져 갔다. 자신들과 아주 오랫동안 거래해왔다는 객줏집을 찾아 어둠 속으로 스러져갔다.

(하늘의 응답은 여기까지란 말인가…?)

잠시였을망정 기대한 만큼 실망 또한 클 수밖에 없었다. 다리에 힘이 풀려 도무지 어떻게 집으로 돌아왔는지 알 수 없었다.

하지만 소득이 전혀 없었던 건 아니다. 눈물이 그렁그
렁해져가는 절망의 끄트머리에 혼자 서 있던 자신에게 어
떤 응답을 주었다는 건 분명 두 주먹을 쥐게 만들었다. 자
신의 결심을 더욱 단단히 굳히는 계기가 될 수 있었다. 그
것만으로도 그녀는 자신의 첫 도전에 충분했다.

실패의 쓴맛

"아니 어떻게 알고서 저를…?"

예상치 못한 방문객이었다. 다음 날 그녀는 뜻하지 않은 방문객을 집에서 맞이하게 되었다. 전날 밤에 자신이 모닥불을 지펴 무사히 포구로 들어올 수 있었던 그 상선의 털보 선장이었다.

"두말 말고 그냥 거래를 트지."

털보 선장은 그녀를 보자마자 입을 넌떡 열었다. 반가운 소리가 아닐 수 없었다. 좀처럼 열리지 않을 것 같던 육중한 철문이 한순간에 활짝 열리는 느낌이었다.

"오랫동안 거래해오시던 객주가 있다고 하셨잖습니까?"

그녀는 영문을 알 수 없어 털보 선장에게 물었다. 털보 선장은 울분에 찬 얼굴로 냉수 한 사발을 원했다. 냉수 한 사발을 모두 다 들이키고 나서야 겨우 말을 이었다.

"기가 차서…."

털보 선장은 날숨부터 푹 내쉬었다. 상선을 포구에 가까스로 정박시킨 뒤 그 길로 오랫동안 거래해오던 객줏집을 찾아갔다고 한다. 한데 객주는 망망대해에서 어렵사리 살아 돌아온 그들을 위로하기는커녕, 이렇게 늦게 당도하면 어떻게 되느냐고 타박부터 하더란다. 더구나 바닷물이 배 안으로 유입되었다고 설명하자 다음 얘기는 아예 들어보지도 않은 채 손사래부터 치더라는 것이다.

"바닷물이 배 안으로 유입되면 소금을 못 쓰게 되나요?"

그녀의 물음에 털보 선장은 씁쓸한 너털웃음을 지어보였다. 소금이 바다에서 나지 않느냐고 되물었다.

"물론 그렇기는 하지. 당분간은 간수가 찬 소금이 제값을 받지 못할 수도 있어. 하지만 며칠 걸려 간수를 뺀다면 다시 그 소금이지 어디 바닷물이겠느냐고?"

얼핏 들어도 흥미로운 얘기 같았다. 바닷물이 들어간 간수만 뺀다면 그 소금이라는 선장의 설명에 그녀는 다시 한번 여쭈었다.

"오랫동안 장사를 해 오신 객주께서 그 같은 사실을 모를 턱이 있겠습니까?"

"몰라서가 아냐. 귀찮고 번거롭다는 얘기지. 간수가 빠지면 될 일을 모르진 않겠지만, 그럴 때까지 참아낼 인내심이 없단 게 아니겠느냐고. 그래서인지 이번 소금은 다 망쳤다고 바락바락 소리를 높이지 무언가."

털보 선장은 또다시 씁쓸히 웃어 보였다. 그러다간 땅이 꺼져라 깊은 날숨을 또 한 차례 푹 내쉬었다.

"소금 장사 십 년이니 우리도 알 것은 다 알아. 손해를 끼치는 부분에 대해선 우리도 소금값에서 그만큼 빼줄 용의가 있었다고."

그러나 털보 선장은 객주가 처음부터 소금값을 터무니없이 후려치려고 했다면서 여지없이 속내를 꿰뚫었다. 털보 선장이 생각하는 것보다 무려 절반 이상이나 가격을 후려쳤기에 과연 오랫동안 거래해오던 객주인지 의구심이 들 정도였다고 했다. 장사 바닥이 워낙 돈 냄새에 민감하다지만 정말 이래도 되는 건지 의문이 들었다는 것이다.

때문에 미련 없이 발길을 돌린 거라고 했다. 이왕 밑지고 팔 바엔 자신들의 생명을 구해준 젊은 여자 객주에게 소금을 넘기자는 생각이 들었다고. 그러면서 간수 빨리 빼는 방법까지 덤으로 일러주고 난 뒤, 다음 달이면 제값을 받고 소금을 팔 수 있을 거라고 장담했다.

그녀가 첫 거래를 트는 순간이었다. 마침내 여상인의 길로 성큼 발을 들여놓는 순간이기도 했다.

"다음 배에도 자네 만덕객주를 잊지 않을 걸세. 알겠는가?"

털보 선장은 약조까지 하고 돌아갔다. 그녀는 털보 선장이 일러준 방법을 따랐다. 바람이 잘 통하는 응달에서 간수를 빼기 위해 한 달여를 조용히 인내하기로 했다.

한데 어떻게 알았는지 소금 행상들이 먼저 그녀를 찾았다. 변수가 많은 바다에 연일 풍랑이 높아져 상선의 뱃길이 뜸해지자, 곳곳에서 소금부터 바닥이 났다. 어부들은 소금이 없어 바다에서 잡아 올린 생선을 말리지 못한다며 아우성쳤다.

그녀는 간수가 빠진 소금을 제값만을 받고 행상에 넘겼다. 그럼에도 이윤이 결코 적지 않았다. 애당초 간수가 들어간 소금값으로 값싸게 사들였기 때문에 제값만 받더라도 많은 이윤을 얻을 수 있었다. 며칠 사이에 돈궤가 차고 넘쳐났다.

이대로 가다간 금방 큰 상인이 될 수 있을 것만 같았다. 도대체 장사가 이토록 쉬운 거였는지 되묻고 싶어졌다.

하지만 화무십일홍이라 했던가. 열흘 동안 붉은 꽃이 또 없다고 말했던가.

오래지 않아 상황이 돌변했다. 며칠 지나지 않아 소금 행상이 변함없이 줄을 잇는 가운데 일단의 무리가 만덕 객주에 무람없이 몰려들었다. 일단의 무리는 소리를 박박 질러 소금 행상을 모두 다 돌려보낸 것도 모자라 행패를 부리기 시작했다. 소금을 바닥에 패대기치고 기물을 마구 부셔버렸다. 소문으로만 듣던 큰 객줏집에 고용되어 있는 무뢰배들이었다.

"누가 맘대로 소금을 팔아?"

"소금을 팔아선 안 된다는 법이라도 있소?"

무뢰배들은 그런 법이 있다고 큰소리쳤다. 자신들이 곧 그런 법이라며 객주 안의 이곳저곳을 쏘다니며 망가뜨려나갔다. 더 이상 소금은 건드리지 말라고 하소연했지만 소용이 없었다. 우물에서 길러온 물을 소금가마에 마구 퍼부어대는 만행조차 서슴지 않았다.

"너희를 결코 가만 두지 않을 것이야! 반드시 관아에 이 사실을 아뢰어 너희 모두를 벌 받게 할 것이야!"

그녀도 물러서지 않았다. 무뢰배들에게 단호한 어조로 일렀다. 무뢰배들은 콧방귀를 뀌었다. 어서 가서 아뢰어보라며 비아냥거렸다. 그럴수록 만행만 더 늘어날 따름이었다.

그녀는 관아로 달려가 아전에게 억울한 사실을 고했다.

아전은 그녀의 억울한 사실을 전해 듣곤, 알았으니 돌아가 기다리라고 일렀다.

그래서 며칠동안 눈이 빠져라 기다렸건만 관아로부터

아무런 기별도 받지 못했다.

그녀는 다시 관아로 찾아갔다. 이번에는 아전이 아닌 별감을 찾았다. 그녀가 관아의 기생이었을 때부터 알고 지내던 관리였다.

"만덕이 너를 보고 아전이 왜 기다리라 했겠느냐?"

별감은 뜻밖의 얘길 들려주었다. 상업은 말업이라 나라에서 돌보지 않는다 했다. 말업까진 나라에서 일절 관여치 않는다는 것이 원칙이라고 했다. 어찌할 수 없이 기존 상인들에게 상도의 질서를 스스로 맡기고 있다는 것이었다.

하기는 그 시대만 하더라도 일반 백성이면 누구나 장사를 할 수 있도록 해제하는 조치, 이른바 정조의 통공 정책이 선포되기 이전이었다. 태조 이성계가 조선왕조를 개국한 이래 유교를 국시로 삼으면서 일반 백성들에게 시장과 상업을 허락할 수 없다는, 추상과도 같은 정책인 금난전권이 아직 시퍼렇게 살아있을 때였다.

말하자면 무뢰배들의 행패가 결코 옳다고 할 수 없을지라도, 그 또한 말업에서 비롯된 것이니. 그 질서 안에서 스스로 해결해나가야 한다는 설명이었다. 따라서 별감인 자신도 어쩔 수 없는 일이라며, 영역 바깥에 있는 사안이라는 것을 거듭 강조했다.

다만 한 가지 약속은 잊지 않았다. 지나간 일이야 그렇다손 치더라도 앞으론 그들이 객줏집에 얼씬하지 못하도록 단단히 일러주마고 했다. 적어도 소나기는 피할 수 있게 된 셈이다.

그것만으로 관아를 순순히 물러날 수밖에는 없었다. 비록 금난전권의 특혜가 제주목의 기존 객주들에게까지 해당된 것은 아니었을망정 분위기만은 크게 다르지 않았음을 알 수 있게 하는 당시 상도의 정서였다.

억울했지만 도리가 없었다. 기존의 소금 객주를 무너뜨리지 않고서는 소금 객주로 다시 나설 수 없는 냉정한 현실을 받아들여야 했다. 실패에 따른 시련을 넘어 당장 또 다른 거래를 만들어내야만 했다.

그렇게 달포 가량이 속절없이 지났을까? 망망대해가 조금 잠잠해지면서 뭍에서 들어오는 상선이 심심찮게 포구에 모습을 드러냈다.

그러나 상선마다 하나 같이 오랫동안 거래해온 객주가 따로 정해져 있어 접근하기가 쉽지 않았다. 말을 꺼내는 것조차 할 수 없었다.

한데 그런 그녀에게도 마침내 배가 들어왔다. 포구에서 배가 들어온다고 마음껏 외치고 싶은 그런 날이 도래했다. 몇 달 전 모닥불로 인연이 닿은 전라도 소금배였다. 약조하고 떠났던 털보 선장이 돌아와 다시금 그녀의 손을 붙잡아주었다.

소금 객주 만덕

털보 선장은 이번에도 소금을 잔뜩 싣고 망망대해를 건너왔다. 포구에서 여전히 오랫동안 거래해왔던 기존의 객주 사람들과 친밀하게 어울렸다. 김만덕도 잠시 만나긴 하였으나, 그저 기다려보기만 하라고 말할 뿐 이번에도 눈길조차 주지 않았다.

김만덕은 하는 수 없이 맨손으로 집에 돌아올 수밖에 없었다. 이번에는 자신과 소금을 거래하는 게 아니라는 생각이 들자 한숨이 절로 새어나왔다. 기대가 컸던 만큼 실망도 컸지만 어쩔 수 없는 상도였다.

그랬던 그녀에게 털보 선장이 갑작스레 다시 찾아온 건 해가 저물 무렵이었다. 이번에도 냉수 한 사발을 통째

들이켜고 나서야 자초지종을 설명했다.

"돈은 있겠지?"

털보 선장은 그녀에게 재차 확인했다. 지난번에 간수를 뺀 소금을 판 돈이 돈궤에 그대로 있다는 대답을 거듭 확인하고 나서야 나머지 얘길 들려주었다.

"알겠는가? 내가 이른 대로 해야 해."

자신에게 소금을 넘겨주기 위한 털보 선장의 술책에 그녀는 연신 고개를 끄덕여 이해했음을 밝혔다. 털보 선장의 술책대로라면 소금이 기존의 거래 객줏집에 넘어가지 않는 것은 물론, 남성들이 지배하고 할거하는 제주목 포구에서 그녀가 어엿한 객주로 나설 수 있는 기회가 될 수 있기도 했다.

"그럼 나는 이제 돌아가겠네. 날이 밝으면 저들과 다시 한번 줄다리기를 벌이는 척하다 그만 판을 깰 것일세."

털보 선장은 자신의 술책대로 이행했다. 날이 밝자 다시금 기존의 거래 객줏집과 소금값을 놓고 줄다리기를 벌였다.

"아니 하룻밤을 자고 나면 어떻게 좀 달라지기도 하고

해야지. 어제 온종일 하던 얘길 오늘 다시 그대로 고집부리면 우린 어찌 하오?"

기존의 거래 객주는 답답한 듯 자기 가슴을 퍽퍽 쳤다. 소금 한 섬에 2냥3전5푼을 꼭 받아야겠다는 털보 선장의 입장에 복장이 터질 것만 같았다.

털보 선장은 얼굴색 하나 변하지 않았다. 자신이 부른 소금값에서 단 일 전도 깎을 수 없다고 오금을 박았다. 하룻밤이 아니라 사흘 밤이 지나도 달라지지 않을 거라고 결연한 모습을 보였다. 이제 곧 불어닥칠 장마철에 망망대해가 뒤집히면 뱃길은 끊길 테고, 뱃길이 끊어지면 소금은 누가 뭍에서 실어올 수 있느냐고 평소 하지 않던 단서까지 들먹여가며 턱을 치켜들었다.

"아니 한두 해 거래해오던 것도 아니고 지난해 이맘때쯤에도 이러진 않았지 않소?"

기존의 거래 객주는 난감해했다. 지난번 뱃길에 간수가 찬 소금 거래가 이뤄지지 않아서 그러냐고 물었다. 이어서 털보 선장의 어깨를 친밀하게 툭 치면서 이렇게 말했다.

"지금 떼를 쓰는 건가? 그러잖아도 이번 거래에선 지난번에 축난 부분까지 생각해서 값을 쳐줄 참이었어."

기존의 거래 객주는 서운한 감정을 숨기지 않았다. 그러면서 음성을 한껏 낮춰 조심스레 털보 선장의 의중을 떠보았다.

"아니지, 자네?"

아니라면 아니라고, 그렇다면 그렇다고, 똑 부러지게 얘기해달라고 채근 댔다. 목소리를 은근히 낮춰 혹 자신들과 더는 거래하지 않을 셈인지 캐물었다.

털보 선장은 가타부타 대꾸하지 않았다. 자신이 부른 소금값에서 단 일 전도 깎을 수 없다는 주장만을 반복할 뿐이었다.

"이거 안 되겠네."

기존의 거래 객주는 털보 선장을 가리켜 사람이 변한 것 같다고 하면서 불만을 토로했다. 하룻밤을 더 자고 나서 가격을 흥정해보자며 일단 자리를 박차고 나갔다.

"하룻밤이라뇨?"

털보 선장은 더 지체할 수 없다고 했다. 상선과 뱃사람들을 하루라도 포구에 묶어둘 수만 없다고 손사래 쳤다. 그러니 오반(점심)을 먹을 때까지 만이라고 선을 그었다. 그때까지도 아무 대답이 없을 땐 다른 객줏집에라도 소금을 넘기고 출항할 수밖에 없다고 아퀴를 지었다.

발목이 잡힌 기존의 거래 객주는 자리를 뜨기 전에 마지막 담판을 다시 벌였다. 한 섬당 2냥3푼5전은 전에 없는 고가라서 어떤 누구도 매입하지 않을 거라고 전제하고 난 뒤, 최종가로 1냥8푼을 제시했다.

"암튼 오반을 먹을 때까지 만이오."

기존의 거래 객주가 자리를 뜬 이후에도 털보 선장은 한참 자리를 지켰다. 자신이 생각하기에도 한 섬당 2냥3푼5전은 터무니없는 가격이었다. 장마철이 다가오기 전에 부를 수 있는 최고가가 으레 1냥5푼에서 6푼 사이였으니 어떤 객주라 하더라도 선뜻 매입하기 어려울 수밖에 없는 가격대였다. 기존의 거래 객주가 다시는 자신을 찾지 않을 거라고 예상한 이유였다.

아니나 다를까? 제주목 포구에 벌써 소문이 왁자했다. 소금 한 섬당 2냥3푼5전이라니 도무지 말이 되느냐 하면서 저마다 목청을 돋워댔다. 어떤 객주도 나서지 않는 가운데 이틀이 시나브로 지나갔다.

포구는 평온했지만, 이틀 동안에도 털보 선장과 객줏집들 사이엔 보이지 않는 기 싸움이 팽팽했다. 모두가 털보 선장이 무릎을 꿇게 될 것이라고 예언했지만, 정작 당사자인 털보 선장은 눈도 꿈쩍하지 않았다.

끝내 예고한 출항 날이 다가왔지만, 선뜻 나서는 객줏집은 단 한 군데도 없었다. 털보 선장은 체념이라도 한 듯 소금을 하역하지 않은 채 뭍으로 그냥 가져갈 생각이었다. 닻을 올리고 마침내 돛대의 아딧줄을 잡았을 즈음이었다.

난데없이 포구로 뛰어오는 젊은 여성이 있었다. 김만덕이었다. 그녀가 털보 선장에게 다가가 한 섬당 2냥3푼 5전씩에 모두 매입하겠다는 뜻을 밝혔다. 포구 사람들이 모두 놀란 가운데 털보 선장은 그런 그녀에게 선뜻 2냥씩에 소금을 넘겨주었다. 기존의 객주가 마지막으로 제시한 1냥8푼보다 2푼이 더 높은 가격대였다.

포구에 모여든 객줏집 사람들은 그녀를 비웃었다. 지

난번에 간수 소금으로 번 돈을 몽땅 날리게 되었다며 미흡한 상술에 배꼽을 잡았다. 기존의 거래 객줏집 사람들도 손가락질까지 해가며 소리 내어 웃어댔다.

결국 제주목 포구에 자리한 객주들이 모두 지켜보는 가운데 그녀는 하역한 소금을 자신의 집으로 운반할 수 있었다. '제주목 포구에 자리한 객주들이 모두 지켜보는 가운데'라는 건 곧 그녀 또한 제주목 포구에 자리한 어엿한 객주 가운데 하나임을 그들 모두에게 알리는 각인이기도 했다. 이젠 어떤 객줏집의 훼방도 받지 않는, 그들과 똑같이 경쟁하는 여상인의 한 사람임을 세상에 알리는 순간이기도 했다. 제주목 포구의 객줏집들은 물론이고 행상들 사이에서 새로운 이름인 '소금 객주 만덕'으로 불리는 것의 시작이기도 했다.

하지만 그것만으로는 부족했다. 예고만으로 당장 이튿날부터 객주로 행세할 수 있었던 건 아니다. 털보 선장이 귀띔한 것이 아직은 더 남아 있었다. 그들에게 보다 명확한 확약을 받아낼 필요가 있었다.

제주목의 객주로 자리 잡다

털보 선장이 일러준 술책은 하나도 틀리지 않았다. 상선이 소금을 하역하고 떠난 지 불과 나흘 만에 남쪽에서 비바람과 함께 폭풍이 휘몰아쳤다. 망망대해가 뒤집혀 흰 이를 드러내면서 제주목은 외로운 섬으로 고립되었다. 포구에 배가 들어온다는 외침이 더는 들리지 않았다.

그렇게 여름 장마가 한 달여쯤이나 포구를 거칠게 물어뜯고 난 뒤 어느 날 갑자기 어디로 사라졌는지 그동안 볼 수 없었던 여름 땡볕이 포구에 이글거렸다. 폭풍이 물러가면서 고기잡이 어선들이 연신 드나들었다. 포구에는 제주 근해에서 많이 잡힌다는 옥돔, 갈치, 고등어, 광어, 가자미, 우럭 등 갖가지 생선들이 산더미만큼 쌓여갔다.

뭍에서 들어오는 상선이 생선을 미처 다 실어가지 못하자 아낙들은 건어물로 만드느라 여념이 없었다.

당장 소금을 찾는 목소리가 도처에서 터져 나왔다. 뭍에서 상선으로 들어오는 소금만으론 도무지 충당되지 않자 어부들이 아우성쳤다. 행상들이 소금 객주 만덕집을 찾았으나 소용없었다. 값을 더 주고라도 사겠다는 소금을 이젠 굳이 내놓지 않았다며 거절했다.

"여러분도 다 알지 않소?"

김만덕은 침착했다. 문제가 해결되지 않고서는 더는 소금을 내놓지 않겠다는 뜻을 분명히 밝혔다.

"여러분도 보았다시피 소금을 팔았다가 지난번에 소금 객줏집의 무뢰배들에게 행패를 당하지 않았소. 같은 일이 또 반복될까 어찌 두렵지 않겠소. 소금을 가지고 있으면서도 팔지 못하는 이유입니다."

그쯤 되자 아우성치는 어부들의 원성이 관아에까지 전해졌다. 소금이 부족해 잡은 생선을 그대로 썩히고 있다며 일제히 관아로 몰려갔다.

결국 아우성치는 어부들의 원성에 가만있을 수만은

없었다. 관아가 중재에 나섰다. 상업은 말업이라 나라에서 일절 관여하지 않는다는 원칙을 깼다.

지금껏 소금을 거래해오던 기존의 객주와 김만덕을 각기 관아의 뜰로 불러냈다. 제주목 목사(정3품)가 엄히 물었다.

"어부들이 아우성치는 연유를 알렸다?"

기존의 객주는 자기 탓이 아니라고 발뺌했다. 자신의 객주엔 소금이 한 섬도 남아 있지 않아 팔지 않는 것이라고 호소했다.

"하면 어찌하여 만덕이 갖고 있는 소금을 팔지 못하게 하는 것이냐?"

"아닙니다. 아닙니다, 사또 나리!"

기존의 객주는 펄쩍 뛰었다. 자신은 그런 일이 전혀 없다며 부인했다.

"하면 어찌하여 만덕은 갖고 있는 소금을 팔지 않는 것이냐?"

비로소 그녀가 입을 열 차례였다. 소금을 팔지 않는 게 아니라 팔 수 없다고 하소연했다. 지난번에 간수가 찬 소금을 팔았다 기존 객주의 무뢰배들로부터 행패를 당한 사실을 비로소 고스란히 털어놓을 수 있었다.

기존의 객주는 억울해했다. 자신은 그저 오랜 상도에 따랐을 뿐이라고 부인했다.

"제주목에서는 소금이 없어서는 안 될 귀중한 물품이다. 한데 간수가 차 상품 가치가 떨어지자 네가 사들이지 않은 것이 아니냐? 그런 걸 만덕이 사들여 간수를 뺀 다음 행상에게 판 것이 아니더냐? 그걸 트집 잡아 행패를 부린 것도 과연 상도라고 그냥 보아 넘기란 말이냐?"

목사의 문초가 거듭되자 아전들이 아뢰었다. 기존의 객주에게 곤장을 쳐야 마땅하다고 했다. 장독으로 죽을 수도 있는 형국이었다.

놀란 기존의 객주가 땅바닥이 닳도록 머릴 조아렸다. 살려만 주신다면 다시는 행패를 부리지 않을 것을 하늘에 맹세했다.

"사또, 사또 나리."

조심스레 그녀가 입을 열었다. 행패를 당한 것을 다시 문제 삼지 않을 것이라고 하면서 기존 객주를 용서해달라고 간청했다.

"들었느냐?"

기존의 객주는 목사 앞에서 다시금 맹세했다. 상도를 해치는 일을 다시는 하지 않을 것을 거듭 다짐했다.

"아녀자임에도 너의 죄를 묻지 말아달라고 청한 것이 가상하여 이번만은 그대로 돌려보낼 것이야. 하나 차후 같은 일이 반복되었을 땐 이번의 죄까지 물어 곤장을 칠 것이니 그리 알도록 하거라."

제주목의 포구에 소문이 빠르게 돌았다. 여자가 한을 품으면 오뉴월에도 서리가 내린다고 했다. 결국 기존의 객주가 소금 상권을 갓 스물인 만덕에게 넘겨줄 판이 되었다며 숙덕숙덕했다.

김만덕은 관아에서 돌아오자마자 창고의 문을 다시 활짝 열었다. 이제는 무뢰배들의 행패도 걱정할 필요가 없었다. 기다렸다는 듯이 소문을 들은 소금 행상꾼들이 우르르 몰려들었다.

"줄을 서시오!"

늙은 퇴기는 신바람이 났다. 집 앞에 길게 늘어선 소금 행상꾼들을 바라보곤 또다시 마냥 싱글벙글했다.

"소금은 충분합니다. 모두가 사갈 수 있을 것이니. 서두르지 않아도 되오."

그녀는 소금을 팔아 확보한 자금으로 이번에는 고등어를 사들여 쌓아나갔다. 고등어를 소금에 절인 뒤 말리기 시작했다. 사람들이 선호하는 옥돔이나 갈치·광어·가자미·전복과 같은 값비싼 생선이 아닌, 포구 바닥에선 고양이도 물어가지 않는다고 천대받는 고등어자반에만 집중했다. 누구도 거들떠보지 않는 값싼 생선이었던 만큼 그녀의 행보에 관심 두는 이가 전혀 없었다. 간혹 고개를 갸웃거리는 이도 없지 않았으나, 어렵사리 소금으로 조금 번 돈을 잘못된 선택으로 까먹을 일만 남았다고 안타까워했을 따름이다.

또 그런 안타까움은 불과 보름여 뒤 제주목 포구에 상선이 다시 들어오면서 눈앞의 현실이 되었다. 이번에도 상선의 털보 선장은 소금을 잔뜩 싣고 들어와 포구에 닻을 내렸다.

"털보가 싣고 온 저 소금 말이야. 도대체 누구에게 갈까?"

포구 사람들은 심심풀이 내기하느라 바빴다. 상선의 소금이 누구에게 돌아갈 것인지를 맞추는 내기였다. 과연 오랫동안 거래한 기존의 객줏집으로 갈 것인지, 아니면 만덕 객주에게 돌아가게 될 것인지를 두고 줄을 섰다. 누구는 막걸리를 내기로, 누구는 국밥을 내기로 저마다 입방아를 찧었다.

"아냐. 이번에는 만덕이 쫄딱 망할 걸세. 소금을 사들일 돈으로 고등어나 매입하고 있다는 소문도 듣지 않았나?"

시간이 지날수록 그 같은 소문에 힘이 실렸다. 쓸데없는 고등어에 잔뜩 욕심을 부리다 다 잡은 대어를 놓치게 생겼다며, 심심풀이 내기에도 희비가 엇갈렸다. 여느 때보다 털보 선장의 행보가 주목받았지만, 승부는 이미 기울어진 거나 다름없었다.

이번에도 털보 선장은 예외 없이 기존의 객주와 거래를 시작했다. 거래하는 소금값도 평소와 다르지 않다. 누가 봐도 이번에는 기존 객주의 손을 들어주는 모양새 같았다.

　털보 선장은 기존의 객주에게 돈이 아닌 현물을 요구했다. 그것도 값이 제법 나가는 제주목의 특산물이랄수 있는, 옥돔이나 갈치·광어·가자미·전복과 같은 생선이 아니었다.

　"그 흔한 고등어를?"

　하기는 제주목에서 흔해빠진 생선이 다름 아닌 고등어였다. 손을 내밀면 주위에서 금방이라도 끌어 모을 수있을 것 같은 생선이었다.

　한데 세상일이란 게 참 묘했다. 흔해빠진 개똥도 정작쓰려고 들면 눈에 띄지 않는다고. 흔해빠져 누구도 관심을 두지 않은 탓이었는지 막상 고등어를 구하려들자 쉽지가 않았다. 주변에 흔히 널려있을 것 같던 고등어가 생각보다 눈에 띄지 않았던 것이다.

　"제주목에 고등어가 없다고? 그럴 리가 있나?"

　기존의 객주도 털보 선장도 어안이 벙벙했다. 자신들이 생각하기에도 이해할 수 없는 상황에 어쩔 줄 몰라 했다. 기존의 객주는 고등어 대신 소금 섬당 값을 2푼씩 더

처줄 테니 소금을 자신에게 달라고 호소했다.

털보 선장은 그제야 자초지종을 설명했다. 꼭 고등어가 아니면 안 되는 이유였다.

지난해 여름 장마로 인해 올해 뭍의 농사가 흉작이라고 했다. 사람들이 불안감을 느껴 벌써부터 소비를 줄이고 있다는 것이었다.

"비싼 생선은 누구 한 사람 거들떠보지도 않아요. 값싼 고등어자반이 아니면 아예 거래가 이뤄지지 않는다고요. 고등어자반이면 더욱 좋겠지만, 고등어 생물이라도 상관없소. 이번엔 돈이 아닌 자반이든 생물이든 간에 고등어를 싣고 가야만 소금을 다시 가져올 수 있다고요."

기존의 객주도 더는 어쩌지 못했다. 털보 선장의 설명을 듣고 나선 소금을 그만 단념할 수밖에 없었다. 결국 기존의 객주가 떨어져 나가자 털보 선장은 똥줄이 탈 수밖에 없었다. 고등어를 구하기 위해 백방으로 뛰었다. 밤이면 상선이 정박해 있는 포구에 모닥불을 커다랗게 피워올리기도 했다. 일부러 소문을 내기 위해서였다.

"아, 헛심 쓰지 말고 만덕 객주를 찾아가 봐요. 지난번에 소금을 팔았던 그 만덕 객주 말이오."

고등어를 구하지 못해 발을 동동 구르는 털보 선장을 보고 사람들이 그녀에게 가보라며 일렀다. 얼마 전에 소리 소문 없이 고등어를 사들이고 있었다는 것이다.

털보 선장은 마지막 희망을 그녀에게 걸었다. 지체하지 않고 만덕 객주를 찾았다.

하늘은 스스로 돕는 자를 돕는다고 했던가. 그 같은 현실은 생각보다 빨리 찾아온다. 우연의 일치라고 하기에는 참으로 절묘했다.

이번에도 털보 선장이 찾아주었다. 털보 선장은 만덕 객주로부터 고등어자반을, 만덕 객주는 기존의 객줏집으로 가야 할 소금을 자신이 얻을 수 있게 된 것이었다.

아니 그 같은 거래는 결코 단순하지만은 않았다. 겉으로 보기에는 그저 뭍에서 온 상선의 소금과 누구도 거들떠보지 않은 고등어자반이 오가는 단순 거래에 불과한 것처럼 비춰졌을지 몰라도, 만인이 지켜보는 가운데 그 같은 거래를 통해서 무명의 만덕 객주가 딴은 제주목의 객주로 등장하여 비로소 이름을 적바림하는 장면이기도 했

다. 이제는 누구도 거역할 수 없는 어엿한 객줏집으로 명
성을 얻게 되는 순간이었던 것이다.

2장

김만덕이 되다

배를 띄우다

하나의 문을 열고 나서자 또 다른 문이 나타났다. 하지만 첫 문을 열기가 힘이 들었을 뿐 다음에 나타난 문은 첫 문만큼 견고하지는 않았다. 온몸을 내던져 첫 문을 열었던 의지로 다음에 나타난 문은 더욱 쉽게 열 수 있었다. 그렇게 다음, 그다음, 그다음의 문을 김만덕은 자신의 경험치를 바탕으로 차례대로 열어갈 수 있었다.

잇속에 따라 귀신도 한 꾀로 속여 희롱한다는 장사판에서 그녀는 오직 성실하게 일만 했다. 신뢰가 깊었다. 기한은 목숨 같았고, 약속은 반석과 같았다. 그 모든 것을 변함없이 철저히 지켜나갔다. 그녀의 객주를 빠르게 성

장시킨 복토였다.

　그렇게 마치 눈송이를 굴려 몸집을 키워나가듯이, 소문은 입에서 입으로 빠르게 퍼져나갔다. 뭍에서 들어온 상선 사람들이 그녀의 객줏집으로 향하는 발걸음도 늘어만 갔다. 어느덧 제주목의 수많은 객줏집 사이에서도 그녀의 객주가 결코 작아 보이지만은 않았다.

　거래 물품도 점차 늘어만 갔다. 처음의 소금과 고등어에서 이제는 옥돔이나 갈치·광어·가자미·전복과 같은 값비싼 어종은 물론이고, 미역·해삼·조개류와 같은 갖가지 해산물을 망라했다. 제주목에서만 나는 특산품 중에서도 궁궐이나 한양의 고관대작 집에 들어간다는 감귤에 이르기까지 다양했다.

　반대로 뭍에서 들여오는 물품의 가짓수도 몰라보게 늘어났다. 각종 종이류에서부터 비단, 견사絹紗, 허리 끈, 단추, 거울, 담배지갑, 머리빗, 감미식품(각종 양념류), 염료 등에 이르기까지 헤아릴 수 없었다.

　그녀의 객주에는 어느새 부리는 일꾼마저 수두룩해졌다. 김만덕은 그들의 생계를 책임져야만 했다.

그쯤 되자 자신의 포부를 실천에 옮겨나갔다. 뭍의 상선이 제주목으로 싣고 들어오는 물품만을 주고받는 수동적 거래에서 벗어나고 싶어 했다. 뭍의 시전과 직거래를 통해서 자신의 역량을 보다 능동적으로 발휘해보고 싶었다.

그러려면 무엇보다 배가 필요했다. 배를 사들여 상선을 띄워야 했다.

물론 쉽지 않은 일이었다. 제주목에서 배만큼 소중하고 또한 자산의 가치가 큰 것도 딴은 없다 할 만큼 엄청난 자금이 들어가야만 했다. 더욱이 배는 다른 농산물이나 생선과 같이 엄청난 자금이 있다고 해서 당장 사들일 수 있는 물건도 아니었다.

"어떡한다? 제주목에서 배를 구입하자니 통 눈에 띄는 게 없고, 뭍에서 배를 만들어 오자니 돈이 많이 들고."

그녀의 부탁에 지인은 작게 한숨지었다. 제주목 바다를 샅샅이 뒤져보긴 하겠지만, 배를 찾을 수 있을진 모르겠다며 난감한 표정을 지었다.

그렇게 달포 가량이 지났을까. 뜻이 있는 곳에 길이 있다고. 뜬금없이 지인이 헐레벌떡 객주로 돌아왔다. 얼굴 표정이 보름달처럼 반짝였다.

"반가운 소식이네."

지인은 음성도 밝았다. 배를 찾았다고 했다. 제주 포구가 아닌 성산포에서 배를 내놓겠다는 선주가 있어 득달같이 달려가 만나보고 오는 길이었다.

한데 당장 운용하기는 어려웠다. 난파된 것까진 아니나 해변의 암초에 그만 좌초된 배라서 상당 기간 수리를 해야 했다.

"수릴 하게 된다면 얼마나 걸릴까요?"

지인은 손가락 셋을 펴보였다. 수리에 맞는 목재를 구해 옮기고, 알맞게 자른 뒤 수리에 들어가다 보면 그 정도 기간은 소요된다는 것이다.

그녀는 생각에 잠겼다. 수리하는 데 석 달이 소요된다면 이내 겨울철이었다. 겨울철이면 배를 띄울 수 없게 된다는 점이 마음에 못내 걸렸다.

"수릴 앞당길 수 있는 방법은 없는 건가요?"

지인은 고갤 가로 저었다. 수리 목재를 구해 옮겨와 수리에 알맞게 자르는 일부터 수리 과정을 비교적 상세히 설명하며, 석 달여의 기간도 매일 쉬는 날이 없어야 가능하다는 점을 상기시켰다. 좌초한 배의 수리가 생각보다 여간 복잡한 게 아니었다.

"그렇다면 이렇게 하면 어떻겠습니까?"

그녀는 수리 작업을 분리했다. 수리 목재를 구해와 자르는 것과 배 수리할 부분을 준비하는 것을 따로 시행하되, 동시에 시작한다면 수리 기간을 조금 더 줄일 수 있을 것이라고 기대했다. 수리 기간을 한 달여 정도만 줄일 수 있다면 겨울철이 오기 전에 적어도 한 차례 정도는 출항할 수 있다고 보았다.

지인은 다시 성산포로 뛰어가서 뱃사람들을 만나고 돌아왔다. 수리의 막바지에서는 밤중에 횃불을 밝혀서라도 한 달여를 줄여보겠다는 답변을 전했다.

그들은 정말 수리 막바지에 접어들자 밤중에 횃불을 밝혔다. 횃불을 비춰가며 수리 작업을 계속하여 두 달여 만에 좌초한 배 수리를 끝마쳤다.

"배가 들어온다!"

이윽고 수리를 마친 배가 성산포를 떠나 제주목의 포
구로 위풍당당하게 미끄러져 들어왔다. 이날따라 흰 이
를 드러내며 일렁이던 바다마저 잠시 숨을 죽이는 듯했
다. 대촌大村(제주 성안을 일컬음)의 사람들까지 대거 몰
려나와 배가 들어오는 순간을 구경하며 한마디씩 했다.

"참새는 작아도 알을 낳는다더니. 아녀자로 시집도 안
갔건만 만덕은 저 큰 배를 사들였네…."

만덕 객줏집을 세 개로 늘리다

"서둘러 출항할 것입니다. 겨울을 나는 데 필요한 물품을 싣고서 돌아올 겁니다."

성산포에서 수리를 마친 배가 제주 포구로 들어오던 날 김만덕은 잔치를 성대히 베풀었다. 포구 사람들은 물론 객줏집 사람들까지 모두 나와 한데 어울렸다. 상선까지 바다에 띄운 만큼 마음속으로 모두가 잘 되길 빌어줬다. 김만덕 또한 마음을 새로이 다졌다.

"이젠 만덕도 제주 포구에서 빼놓을 수 없는 어엿한 객주가 됐네."

사람들은 입을 모았다. 포구에서 상선을 가진 객줏집이 되었다는 건 이제 어느 정도 자리를 잡았다는 얘기가 된다. 물론 크고 작은 상선을 여러 척 가진 대규모 객줏집도 없진 않았으나, 아직 상선조차 갖지 못한 객줏집 또한 수두룩했기 때문이다. 상선을 갖게 된 만덕객주가 어느덧 그 중간 위치에 서게 되었다는 설명이기도 했다.

그러면서 사람들의 이목을 끌었던 건 그녀의 다음 행보였다. 엄청난 자금이 들어가는 상선을 가질 수 없었기에 여태 바닥을 헤매고 있는, 자기보다 못한 어려운 처지에 놓인 객줏집을 사들여 자연스레 몸집을 키워나갔다. 여기서 몸집을 키워나간다는 건 단순히 객줏집을 인수하는 것으로 그치는 게 아니었다. 크든 작든 간에 객줏집이 거래하던 기존의 상권까지 넘겨받는 것을 뜻했다. 따로 시장을 키우지 않는 한 일정하게 정해져 있는 상권 안에서 객줏집이 커나갈 수 있는 거의 유일한 방법이기도 했다. 큰 물고기가 작은 물고기를 잡아먹으면서 살아가는 바다의 생태계와 다를 게 없었다.

때문에 중간에 다리를 놓는 이도 있었다. 김만덕을 찾아와 포구의 누구 객줏집이 어렵다는데 사들일 의향은 없는가 하고 먼저 접근해오고는 했다.

"그럴 생각이 전혀 없습니다."

그때마다 김만덕은 분명하게 말했다. 자신의 몸집이 다소 커졌다고 해서 자기보다 못한 작은 물고기를 잡아먹으면서 살고 싶은 생각은 추호도 없었다.

"왜 그래? 돈을 많이 달라고 하는 것도 아니던데."

웬만하면 자신이 거간을 맡아 중간에 다리 역할을 해 볼 테니 생각이 있거든 연락하라고 했지만 그녀는 요지부동이었다. 이제는 상선까지 소유하게 된 마당에 어려운 처지에 놓인 객줏집을 인수해서 상권을 키워나가는 게 마땅하다는 주변의 권유가 적지 않았으나 꿈쩍도 하지 않았다.

"인수 가격도 아니라면 또 무엇 때문이신가?"

인수 가격이 싸고 비싸서가 아니었다. 그녀의 생각은 정작 다른 데까지 미쳤다. 어느 누구도 김만덕의 속내를 미처 눈치 채지 못했으나, 그녀는 자신의 속내를 끝내 감추었다.

"이보시게, 만덕 객주. 이렇게 굼뜨다 다른 큰 물고기기 덥석 물고 가비리기라도 하면 도루묵이 아니겠는가?"

그래서 놓친 경우도 없지 않았다. 규모는 작지만 오래 된 포구의 소금 객줏집과 싸전이었다. 소금과 쌀은 만덕 객줏집의 주요 물품이기도 해서 인수한다면 소금과 쌀 상권을 그만큼 확장할 수도 있었건만, 그만 놓치고 말았던 것이다.

"아니 엄청난 자금이 들어간 상선까지 거느릴 땐 분명 상권을 키울 요량이었을 텐데 왜 가만 앉아서 작은 물고기를 놓치고만 있단 말인가?"

중간에 다리를 놓겠다는 이들은 기막혀했다. 그녀의 속내를 확인하기까진 시간이 더 필요했다.

"아, 그런 깊은 뜻이⋯."

김만덕은 약육강식의 상계를 원하지 않았다. 상계의 사람이라면 누구나 함께 살아갈 수 있는 길을 택했다. 큰 물고기가 작은 물고기를 잡아먹는 방식이 아니라, 큰 물고기가 작은 물고기의 그늘이 되어주는 생태계를 소망했다.

따라서 기다리기로 한 것이다. 중간에 거간이 다리를 놓아 사고팔면서 기존의 객주와 상권을 소멸시키는 것이 아니라, 피로감에 지쳐 비틀대는 객주와 힘을 서로 모으는 것이었다.

"하면 우리 객줏집은 그대로 영속해도 된다는 말인가?"

결국 거간을 모두 외면하자 김만덕을 은밀히 찾아오는 객줏집도 없지 않았다. 그녀의 의중을 몰라 전전긍긍하다 끝내 거간을 통해 다른 객줏집에 팔아넘기기 일쑤였으나, 더러는 한밤중에 문을 두드리는 이 또한 없지만 않았다. 그녀의 속뜻이 서로 힘을 모으는 데 있다는 걸 확인하고는 으레 놀라곤 했다.

"상인들이 바라는 바가 무엇이겠습니까?"

"그야 딴 게 있나. 이윤이지. 장사치가 또 무엇을 바란단 말이신가?"

"하면 우리 같은 작은 물고기가 생존할 수 있는 길이란 또 무엇이겠습니까?"

"거야, 떼로 모일 수밖엔. 바닷속 작은 물고기들이 큰 물고기들 속에서 그렇게 살아가질 않던가."

"그래서입니다. 고래 싸움에 새우 등 터진다는 꼬락서니가 되지 않기 위해서라도 반드시 그래야만 합니다."

"하면 만덕 객주는 우리 객주를 사들이지 않겠다는 건가?"

그녀는 고개를 끄덕였다. 한밤중에 은밀히 찾아온 객주의 얼굴은 이내 실망감으로 어두워졌다.

"사들이진 않되, 앞서 말씀드린 대로 한데 서로 힘을 모으는 겁니다."

"그건 또 무슨 말씀이신가?"

그녀는 우선 자금을 내주었다. 일단 운영난에서 벗어나게 한 뒤, 기존 거래를 계속해 나갈 수 있도록 정상화해주었다. 기존 객줏집의 상권을 그대로 인정해주는 방식이었다. 요컨대 객줏집의 실제 주인만이 그녀로 바뀌었을 뿐 겉모양새에는 아무런 변동도 없었다. 자신들이 원한다면 객주는 물론이고, 그 밑에서 일하는 일꾼들 역시한 사람도 빠짐없이 계속 고용해주었다.

김만덕은 자신의 상권을 그렇게 키워나갔다. 자칫 불협화음이 생길 수도 있는 예민한 세 불리기였지만, 그녀에게만은 일절 불만이 터져 나오지 않았다. 짧은 기간 안에 객줏집을 두 개나 합쳐나갈 수 있었으나, 거기에 대해 누구도 딴죽을 거는 이란 보이지 않았다.

"만덕 객줏집이 어느새 세 개나 되었네?"

김만덕은 여세를 몰아 부푼 기대를 안고 첫 돛을 올렸다. 마침내 자신의 상선을 출항시켰다. 800리 망망대해를 건너 긴 겨울나기에 반드시 필요한 물품을 가득 싣고 돌아올 항해였다. 첫 출항지는 전라도 나주였다.

나주로 첫 출항하다

전라도는 전주와 나주가 합친 말에서 비롯된 것을 알 수 있듯이, 나주는 호남에서 전주 다음으로 큰 고을이었다. 서거정이 『동국여지승람』에서 "나주는 전라도에서 가장 큰 고을이어서 땅이 넓고 물산이 풍요롭다. 또한 쌀이 많이 나고 바닷가라서 물산이 풍성하며, 전라도의 조세가 모이는 곳이라 전국 방방곡곡에서 상인들이 몰려든다"라고 한 것처럼 나주는 끝없이 펼쳐진 너른 평야의 중심 역할을 하고 있었다.

특히나 나주의 영산포는 전국에서도 알아주는 포구였다. 영산강을 따라 내륙 깊숙이 들어가 자리 잡고 있으나, 하구에서부터 수심이 깊고 폭이 넓어 내항을 이루는 상거래의 중심지였다. 호남의 너른 평야에서 생산되는 풍부

한 쌀이며 각종 곡물이 영산포를 경유해서 한성으로 보내졌다. 서해안에서 생산되는 소금과 갖가지 젓갈류가 한성의 마포나루로 끊임없이 실려 나갔다. 전라도 지방에서 거둬들인 세곡 또한 조운선漕運船에 실려 나주의 영산포에서 경강의 광흥창(관원의 녹봉 사무를 맡아보는 관아)이 자리한 서강나루로 운송되곤 했다.

각종 피륙이며 장신구, 강진 등지에서 이송되어온 도자기도 빼놓을 수 없었다. 강진 지방에서 나는 도자기는 대륙에까지 소문이 나 영산포에는 서해를 건너온 중국 상선들도 심심찮게 모습을 드러내었다.

우리의 상선에는 보통 돛대가 두 개 있었다. 큰 돛대와 작은 돛대는 배의 바닥에 쐐기가 박혀 있는 채로 고정되어 있었다. 돛에 쓰이는 천은 염색되어 있지 않은 거칠고 두터운 직물이었다.

반면에 중국에서 건너온 상선은 모양새부터 색달랐다. 우리의 배가 소나무를 매끈하게 잘 다듬어 구석구석 빈틈이 보이지 않는다면, 중국의 상선은 손질한 소나무를 통째 엮어놓은 듯 거칠고 투박해 보이는 데다, 돛의 천에 붉은 염색까지 되어 있어 한눈에 보아도 이양선異樣船임을 알 수 있었다.

더욱이 중국의 상선은 돛도 달랑 하나였다. 우리의 배가 돛대 두 개를 이용하여 미세한 바람까지 조절하면서 항해한다면, 중국의 상선은 커다란 돛대 하나만으로 바람을 조정하며 항해했다. 따라서 바람이 불어줄 때는 이상이 없었으나, 그렇지 않을 경우에는 대책이 없기 십상이었다. 거기에다 속도까지 우리의 배보단 상대적으로 느려서, 뱃사람들은 중국의 상선을 가리켜 흔히 '멍텅구리배'라고 부르곤 했다.

그 같은 모양을 한 상선들이 영산포에는 수백 척이었다. 서해에서 영산강을 따라 다투며 들어와 영산포에 정박하는 모습이란 장관이었다.

수많은 상선이 싣고 온 갖가지 물건들로 넘쳐났다. 산더미처럼 쌓인 야적장이며, 영산강 양안을 따라 물류 창고가 즐비하게 늘어서 있었다. '어선들은 물론 곡식을 싣고 도처에서 경강으로 폭주하는 상박商舶들이 일 년이면 일만 척을 헤아린다'는 한성 경강의 나루터만큼은 아니었다 하더라도, 영산강을 품은 영산포는 이미 커다란 선촌船村을 형성한 터였다. 또 중간에 물품을 매매하는 객주와 거간꾼과 같은 도매상인들까지 자리 잡으면서, 영산포는 전통적인 나주 거리의 풍경과는 또 다른 흥청거림으로 연중 질펀했다.

때문에 먼 바다에서 돌아와 상선이 돛을 내리면 상인들이 앞서거니 뒤서거니 달려 나가고, 하역 일꾼들이 부두에 몰려들어 북새를 이루었다. 물품을 실어 나르는 수레가 연일 꼬리를 물었다.

석양의 풍경 또한 남달랐다. 온종일 고된 일을 하고 나면 으레 발걸음을 하게 되는 주막집 또한 셀 수 없을 만큼 생겨나, 영산포의 연안에는 주막거리마저 생다지 아우성이었다.

김만덕은 배를 타고 직접 따라나서지도, 그렇다고 나주에 가본 일도 없었다. 다만 그녀 혼자 생각으로 그려본 당시 나주 영산포의 모양이었다. 뭍에서 온 뱃사람들로부터 전해들은 이야기들의 편린을 모아본 광경이었다.

만덕 객줏집의 상선이 그 같은 광경 속으로 서서히 미

끄러져 들어갔다. 이윽고 지친 상선의 선체가 영산포구에 닿는 순간 뱃사람들이 재빨리 돛을 내리자 무거운 닻이 물속으로 내던져졌다.

제주 포구에서 출항한 지 꼭 엿새 만이었다. 마침내 오랜 항해를 마친 상선이 깊은 휴식을 할 수 있었다.

"어디선 온 배요?"

"탐라에서 왔소이다."

"뭘 싣고 왔소?"

만덕 객줏집은 제철에 난 제주산 귤을 잔뜩 싣고 왔다. 그밖에도 해삼·미역과 갖가지 조개류에서부터 전복에 이르는 해산물을 비롯하여, 한양 사대부들의 갓을 만드는데 주재료가 되는 제주산 말총까지 영산포구에 첫 선을 보였다.

하지만 염려하지 않아도 되었다. 귤은 제주에서 올라오는 상품들 가운데 매번 귀한 대접을 받았다. 일반 백성들은 구경하기조차 힘든 귀하디귀한 과일로, 배에서 하역하기 바쁘게 모두 한성의 육의전 상단으로 올려 보내졌다. 귤이 귀한 대접을 받으면서 함께 싣고 간 해삼이며 미역과 조개류·전복을 비롯한 해산물 역시 당일로 거래가 뚝딱 이뤄졌다. 믿고 살 수 있다는 말총 또한 다르지 않았다.

그러나 알 수 없는 일이었다. 나주로 가는 바닷길이 북서풍을 거슬러 올라가야 하는 항해라서 엿새가 걸렸다면, 제주로 돌아가는 바닷길은 그 절반이면 족했다. 등 뒤에서 불어주는 북서풍을 고스란히 돛에 실어 내달리면 그만이었다. 순풍에 돛단배가 따로 없었던 것이다.

한데 제주 포구를 출항한 지 열흘하고 이틀이 지나도록 감감무소식이었다. 김만덕은 매일같이 포구 너머의 먼 바다에 눈길을 주고 있었지만, 떠나간 배는 돌아오지 않고 있었다.

겨울바람만 황량했다

"걱정할 것 없습니다. 싣고 간 물건이야 거래를 금방 끝낼 수 있다 해도, 가져올 물건을 눈써 키워 좋은 걸로 고르다 보면 한 사나흘 늦어지는 것도 다반사이니."

첫 출항이라서 그럴까? 긴장을 멈출 수 없었다. 포구에서 배가 들어온다는 외침이 들여올 적마다 혹시나 하는 기대감에 또 어쩔 수 없이 눈길이 바다를 향하곤 했다.

하지만 출항한 지 보름이 지나도록 아무 소식이 없었다. 그 사이 뭍에서 들어오는 배도 없지 않아 행여 소식을 들을 수 있지 않을까 했지만 소득이 없었다.

제주도의 바다는 변화무쌍하기 일쑤다. 너울이 잠잠한 듯해도 배를 띄워 바다로 나아가면 바다는 어느새 태도가 돌변해 배를 위협했다.

그 바다를 지배하는 바람 역시 도무지 종잡기 어려웠다. 계절에 따라 일정한 방향으로 불어주는 계절풍조차 시시때때로 방향을 제멋대로 바꾸기도 했다. 하루에도 바람의 방향이 열두 번씩 바뀐다고 뱃사람들은 푸념했다. 남쪽의 수평선 너머 머나먼 대양에서 불어오는 마파람, 한라산을 휘돌아 동쪽에서 불어오는 샛바람, 흔히 서북풍이라 일컫는 갈바람, 북쪽에서 불어오는 날선 하늬바람, 북동쪽에서 불어오는 높새바람에 이르기까지.

바람은 바다에 풍랑을 일으켰다. 풍랑은 바다에 떠 있는 모든 것을 물어뜯으며 물속을 뒤집어 놓았다. 예측할 수 없는 돌풍은 산더미만한 풍랑을 불러일으켜 바다에 나간 어부들을 삼키곤 한다.

그렇게 보름여가 지나가자 기대보다는 체념에 더 익숙해져갔다. 먼 바다를 바라보는 눈길보다는 텅 빈 하늘만을 올려다보는 날이 더 많아졌다. 이는 바다에 둘러싸인 장벽 속에 살아가는 제주도 사람들의 숙명이기도 했다.

"배가 들어온다, 배가 들어온다!"

그러던 어느 날 아침이었는지. 문득 배가 돌아왔다. 그동안 아무 소식도 듣지 못한 만덕 객줏집의 상선이 제주 포구로 무사히 귀항했다. 출항한 지 열흘 하고도 꼬박 여드레가 더 지나서였다.

가족은 물론이고 포구 사람들 모두가 안도의 한숨을 푹 내쉬었다. 마치 죽음에서 돌아온 듯 뱃사람들을 따뜻이 반겼다.

"해남·진도에 풍년이 들어 쌀이 좀 싸다는 귀동냥 소리에 그만 이 고생을 했지 뭡니까?"

선장은 제주도에서 가져간 물건들을 나주 객주에게 모두 넘기고 나서, 겨울나기용 면포만을 사들인 뒤 곧바로 영산포에서 출항했다고 한다. 나주에서 쌀을 사지 않고 진도까지 한달음에 달려갔다.

"귀동냥 소리가 허튼 것만은 아니었습니다. 나주보다 훨 쌌지 뭡니까?"

그러나 진도 포구는 나주와 영 달랐다. 영산포 같은 변변한 포구도, 큰 시전도 따로 찾을 수 없었다. 비교적 쌀이 많이 나온다는 진도 읍내 오일장이 돌아오기만을 속절없이 기다릴 수밖에 없었다.

"꼬박 사흘을 기다렸다 쌀을 사들일 순 있었죠."

하지만 읍내 오일장에 나오는 쌀만으론 턱없이 부족했다. 수레를 동원해서 쌀농사를 많이 짓는다는 집을 찾아가 일일이 사들이지 않으면 안 되었다.

"다시 사흘이 걸려서야 만선이 될 수 있더라고요."

한데 막상 돛을 올려 진도 포구를 빠져나오자마자 바람이 왠지 심상치 않았다. 좀처럼 수그러들지 않는 가운데 먼 바다는 벌써 바람에 허옇게 뒤집혀진 채였다. 바다 위에 허연 이를 고스란히 드러내어 파도를 물어뜯고 있었다.

"어쩝니까? 파도가 뱃전을 넘어 배 안까지 쏟아져 들어오니 다시 돌아 갈 수밖에 없지요."

꼼짝없이 진도 포구에서 또 이틀 동안이나 발이 묶였다. 사흘째 되는 날 이른 아침에야 비로소 바다로 나설 수가 있었다.

그렇대도 상선의 위력은 컸다. 뭍에서 건너오는 상선

에서 물건을 사들였다 팔 때하고는 비교가 되지 않았다. 제주도산 귤과 해삼·조개류·전복과 같은 해산물을 잔뜩 싣고 가 겨울나기용 면포며 쌀을 대량으로 싣고 온 배에서 하역을 시작하자, 사람들 입에서 탄성이 절로 터져 나왔다. 거래 또한 순식간에 이뤄질 지경이었다.

하지만 상선을 더는 출항시키지 못했다. 서둘러 찾아온 겨울 바다에는 온통 거칠고 황량한 겨울 바람만 불었다. 미친 듯 해안을 물어뜯어대는 거친 파고는 겨우내 잠들 줄 몰랐다.

제주 포구는 이른 봄이 되어서야 겨우 기지개를 펴고 일어났다. 춥고 황량한 바람이 불던 시기가 끝나고 긴 겨울잠에서 깨어나서야 생기를 되찾아갔다.

그때부턴 아이들의 미끄럼타기였다. 다시금 나주로 상선을 출항시키면서 만덕 객줏집이 분주해지기 시작했다. 분주한 만큼 더 많은 이윤이 남아 그녀의 객줏집은 더욱더 풍요로워져 갔다.

『장자莊子』에서 상인의 길을 찾다

몇 해 지나지 않아 만덕 객줏집은 상선 두 척을 바다에 더 띄웠다. 상선 세 척을 가진 객줏집은 제주 포구에서도 손가락을 꼽을 정도였다.

일꾼들 또한 바글바글했다. 상선이 늘어나면서 몰라볼 정도로 자꾸만 늘어갔다. 자고 나면 낯선 얼굴이 마당에 나타날 만큼 만덕 객줏집은 하루가 다르게 번창해 갔다.

"누가 누구인 줄 도대체 모르겠다니까?"

일꾼이 많아지자 서로 얼굴을 몰라보는 이도 적지 않았다. 창고에서 물건들이 나가고 들어오는 게 제대로 장부에 기록되는지조차 의구심이 들었다.

무엇보다 기존 방식대로 하였다간 큰 혼란에 빠지기 일쑤였다. 경험에 의존해서 주먹구구식으로 운영하던 방식에서 벗어나 당장 숫자 개념과 장부 기록이 필요하게 되었다. 몸집이 커진 만큼 객줏집의 운영 방식 또한 바뀌지 않으면 안 되었다.

김만덕은 누구보다 절실했다. 무언가 돌파구를 찾아야 한다는 생각에 고심했다.

그러던 중에 늙수그레한, 송상松商의 행수行首(상단의 중간 관리자)가 제주 포구에 당도했다는 소식을 우연히 엿들을 수 있었다. 송상이라면 조선왕조의 상계를 쥐락펴락한다는 전국의 4대 상단 가운데 하나였다. 고려 때부터 뿌리 깊다는 개성의 송상 곧 개성상단, 평양을 근거지로 삼은 평양상단, 압록강 너머 중국과의 국경무역을 하는 의주의 만상灣商, 그리고 바다 건너 일본과의 교역을 한다는 부산의 동래상단 중에서도 으뜸이었다.

"무엇하러 이 제주도까지 왔답니까?"

김만덕은 늙수그레한 송상의 행수를 만나보고 싶어했다. 가을 수확기에 제주산 귤을 구매하기 어려워 거래

를 트기 위해 일찌감치 봄부터 일부러 제주도까지 건너
온 것이었다.

"우리 만덕 객주에서도 귤을 취급하고 있으니. 시간이
되면 한번 들러주십사 말씀드려 보세요."

늙수그레한 송상의 행수에게 사람을 보냈다. 과연 자
신의 객줏집까지 차례가 돌아오는지는 알 수 없는 일이었
다. 만덕 객주가 뒤늦게 시작한 터라 귤을 거래할 수 있는
물량이 그리 많지 않기 때문이다.

한데 사람을 따라 늙수그레한 송상의 행수가 넌떡 따
라와 주었다. 김만덕은 그가 머물 숙소며, 귤의 계약 구매
까지 세심히 배려해주었다. 자신의 객주에서 계약 구매
한 귤의 분량이 그리 많지 않자, 다른 객줏집까지 연결시
켜주기조차 했다.

"그동안 고마웠네. 큰 기대를 하지 않고 제주도에 왔는
데 만덕 객주 덕분에 소기의 성과를 거둔 것 같네."

늙수그레한 송상의 행수가 계약 구매를 모두 마치고
떠나기로 한 날의 전날 저녁이었다. 비교적 홀가분해진
얼굴로 그가 김만덕과 마주앉았다.

"행수 어르신, 세상 만사 중에서 사람의 뜻대로 되지 않는 일이 십중팔구라고 들었습니다. 하다못해 몸을 한번 움직이려 해도 온갖 얽히고 가로막힘이 마치 고슴도치의 가시처럼 일어나는 것이 세상사가 아니겠습니까? 하지만 사리에 맞고 이치에 따라 잘만 운용한다면 비록 고슴도치의 가시처럼 온갖 얽히고 가로막힘이 일어난다 할지라도 자신의 온화함을 손상하지 아니하고 자연스레 움직일 수가 있을 것입니다. 저는 뒤늦게 시작한 객주의 상인으로서 오직 그 사리에 맞고 이치에 따라 얽히고 가로막힌 것을 잘 운용할 수 있는 지혜를 구하고자 합니다."

"만덕 자네는 내가 그러한 지혜를 훤히 꿰뚫고 있다고 보는가?"

그는 고갤 천천히 가로 저었다. 그런 처지가 아니라는 늙수그레한 송상의 행수에게 개성상단의 지혜만이라도 들려줄 것을 간청했다.

"허어, 차암. 이거야…."

거듭되는 간청에 마지못해 그가 정색했다. 40여 년 가까이 몸담았던 개성상단에서의 보잘것없는 경험이라는 전제 아래 비로소 입을 열기 시작했다.

"비둘기 같은 하찮은 미물도 제 어미가 앉아 있는 나뭇가지에서 세 가지나 아래에 앉는다 하여 삼고지례三高之禮라 말하고, 국경 멀리 전장으로 끌려간 말馬도 잠시 쉬어갈 때면 고향 땅 쪽에서 불어오는 바람을 향해 선다 하지 않았는가? 하물며 만물의 영장이라는 사람이 하는 일에 있어, 설령 그것이 상품을 사고파는 천한 상업일지언정 어찌 정신이 없다 할 수 있겠는가?"

그는 먼저 한양 종루 육의전의 시전이나 송상, 또한 여타 지방의 상인들이 모두 다를 게 없다고 전제했다. 그럼에도 뭇사람들이 송상을 애써 입에 오르내리는 건 송상이 상인으로서의 태동과 형성 과정이 종루 육의전의 시전이나 일반 사상들과는 근본부터 남달랐기 때문이라고 했다.

"개성상인의 태동과 형성 과정은 지금으로부터 3백여 년 전으로 거슬러 올라가네. 고려왕조가 멸망하고 조선왕조가 창건될 때까지로 거슬러 올라간다네. 당시 고려왕조의 유신들은 개성의 두문동洞으로 들어가 그야말로 두문불출, 조선왕조에 결코 출사하지 않았다네. 그러자 태조 이성계가 두문동의 72현賢과 함께 수많은 고려 유신을 불태워 죽이기까지 했지."

한데도 용케 살아남은 개성의 고려 유신들은 조선왕조에 끝까지 저항하여 아무도 벼슬길에 나서지 않았다. 그 대신 생존의 수단으로 사람 대접조차 받지 못하는 상인의 길로 들어섰다. 전국 방방곡곡으로 행상을 나선 개성상인들은 극심한 천대와 관원들의 가렴주구, 또한 주먹을 휘두르는 무뢰배들의 약탈을 눈물로 이겨내며 자신들의 생업을 어기차게 이어나간 결과, 마침내 지금에 이르러선 왕조의 '특권 상인 집단'이라는, 한양 종루 육의전의 시전에 당당히 맞설 수 있는 전국적인 상권으로 확대하기에 이르렀다고 했다.

그러면서 그런 송상의 상술商術은 대략 스무 가지 정도 꼽았다. 실패를 두려워하지 않는다, 고집이 세고 배짱이 두둑하다, 끈질기게 매달린다, 부지런하고 짜다, 분수를 알며 검소하다, 무조건 절약하여 모은다, 정직과 친절로 승부한다, 목에 칼이 들어와도 약속은 지킨다, 신뢰와 신용으로 차별화한다, 어려울 땐 서로 뭉친다, 어려운 이웃을 보면 모른 체하지 않는다, 돈을 추렴하여 선행한다, 외부 자금과 협력하지 않는다, 외국 자본과 결탁하는 매판자본이 없다, 앞일을 내다볼 줄 안다, 스스로 기회를 만들어 포착한다, 타인과 절대로 타협하지 않는다, 시대의 흐름을 잘 읽어내고 상황 판단을 잘한다, 권력에 밀착하거나 결탁하지 않는다, 권력과는 가깝지도 멀리하지도 않는다였다.

그는 다시 그 스무 가지 상술을 다섯 가지 상략商略으로 묶어 설명을 이어나갔다. 도전과 절약, 정직과 신용, 협력과 동족(같은 상인) 우선, 기회의 포착과 발굴, 권력과의 거리 유지가 그것이었다.

"좀 더 설명하면, 사마천의 『사기史記』에 이런 말이 있다네. "고개를 숙이면 무엇이든 줍고, 고개를 쳐들면 무엇이든 따야 한다." 이는 곧 고개를 숙이면 물건을 차지할 수 있고, 고개를 쳐들면 물건을 취할 수 있는 상술을 이르는 말이 아니겠는가? 결국 벌려면 무엇이든 줍고 취하여 모으라는 얘기네."

그러나 낭비는 역천逆天, 곧 하늘의 뜻을 거스르는 것과 같다고 했다. 더구나 빚만큼 무서운 것도 또 없으니. 내 돈 남의 돈을 반드시 구분할 줄 알아야 모을 수 있음을, 다시 말해 기꺼이 도전하되 절약해야 함을 첫 번째 상략으로 삼았다.

"두 번째 상략은, 계산된 아첨보다는 잔꾀를 부리지 않는 당당함, 곧 정직과 신용이 가장 큰 무기가 될 수 있다는 걸세."

하지만 그러한 신용을 얻는 데 십 년이 걸렸다면, 잃는 데는 단 하루면 충분하다고 할 만큼, 신용을 얻기란 어려운 것이라고 지적했다. 천하의 만인으로부터 신용을 얻기 위해서는 쓰다 달다 아무런 휩쓸림도 없이 그저 묵묵히 견디는 힘을 가질 수 있어야만 마침내 열어 얻을 수 있는 세상이라고 덧붙였다.

"세 번째 상략은 협력과 동족 우선이라는 것일세. 협력은 굳이 말하지 않더라도 자네가 알고 있을 터."

다만 동족이 우선시되어야 한다는 점을 설명하면서 매판자본買辦資本과 매점매석買點賣惜을 하지 말아야

함을 애써 손꼽았다.

"자네도 생각해보게나. 어찌 그들이라고 해서 매판자본에 대해 알지 못하고 있겠나? 외부에서 손쉽게 매판자본을 들여와 여러 좋은 조건을 충분히 이용하고, 또한 외국인들과 밀접한 관계를 유지하게 되면 짧은短 기간 안에 막대한 재산을 모을 수 있다는 걸 알고 있을 그들이 아닌가 말일세."

그러나 송상은 전통적으로 매판자본뿐만 아니라, 쉽사리 떼돈을 벌 수 있다는 매점매석조차 철저히 금한다는 것이 그가 오랫동안 송상에 몸담으면서 관찰한 결과였다.

"행수 어르신, 전 실은 매점매석에 대해 잘 알지 못합니다. 좀 더 설명을 해주신다면…."

"많이 들어는 보았어도 잘은 알지 못할 수밖에. 매판자본이나 매점매석이야말로 가장 비열한 상술인데다, 또 그런 까닭에 매우 은밀하게 진행되는 상술이라 그럴 수밖에는."

그가 덧붙인 매점매석은 우선 녹심錄心, 난전亂廛, 고

점고占 등 세 가지나 되었다. 녹심이란 신용 거래를 하고 있는 단골을 보다 많이 확보하여 특정 상품을 아예 독점해버리는 것이요, 난전이란 범칙물자를 불법으로 내다 파는 일이고, 고점이란 수요가 급증하는 때를 맞추어 일찌감치 상품을 독점해버리는 상행위를 말하는 것이었다.

"우리나라는 본디 땅덩어리가 비좁은 터라 웬만한 물량만 몰아 사두어도 금방 품귀 현상이 일어 값이 급격히 오르기 마련이라네. 오죽하면 한양의 동태 객줏집 셋이 고점질을 하게 되면 이레 만에 동탯값을 절반이나 올릴 수 있고, 다섯 집이 작당하면 곱으로 급등시킬 수 있다는 말까지 생겨났겠는가? 그렇지만 개성상인들은 지난 수백 년 동안 그런 비열한 상술을 부리지 않고 오늘에 이른 것이라네."

네 번째 상략인 기회의 포착과 발굴이란, 곧 상기商機를 뜻함이었다.

"영동 지방에는 꿀이 나되 소금이 없고, 관서 지방에는 철이 나되 귤이 없으며, 북도는 삼이 나되 면포가 귀할 수밖에 없지 않은가? 상업이란 이와 같이 어느 지방에서 모자라고 구하기 어려운 물자, 곧 그런 귀한 물자를 보다 흔한 지방에서 저렴하게 구하여 제때에 공급해주는 것이 아니겠는가?"

상기란 그처럼 어느 지방에서 무엇이 모자라는지를 재빨리 찾아내어 손을 쓰는 것이라고 정의했다. 결국 상업을 한다는 것은 기회를 포착하는 것으로 귀결되는 만큼, 따라서 지나치게 빨라도 안 되겠지만 너무 능장을 부려서도 안 된다는 점을 역설했다. 요컨대 상업엔 눈씨가 보배라고 한 것이다.

끝으로 다섯 번째 상략은, 권력과의 일정한 거리 유지였다. 그 실례를 설명하면서 그는 고려 말 충신이었던 목은牧隱 이색의 부친 이곡李穀이 지적한 상인이 해서는 안될 세 가지 장사부터 들먹였다.

"이곡이 말하기를, '내가 처음으로 한양에 올라가서 골목길을 들어가 보니, 얼굴을 단장하고 매음을 가르치는 사람이 그 고움의 정도에 따라 버젓이 값을 올리고 내리는 짓을 하는데 조금도 부끄러워하지 않음을 보았다. 이것을 계집 시전(시장)이라 부르니 한양의 풍속이 아름답지 못함을 알 수 있었다. 다음으로 관아에 들어가 보니, 붓대를 놀려 법을 희롱하는 관리들이 죄의 가볍고 무거움에 따라 버젓이 값을 올리고 내리는 짓을 행사하는 데 조금도 의심하거나 두려워하지 않음을 보았다. 이것을 관리 시전이라 부르니. 관아의 형정刑政이 엉망진창인 줄을 알 수 있었다. 그런가 하면 오늘날엔 '인간 시전'까지 생겨났다. 지난해부터 장마와 가뭄에 백성들이 먹을 것이 없어지자 힘 센 놈은 도둑이 되고, 약한 자는 동냥아치가 되며, 입에 풀칠할 길조차 없어 남편은 아내를 팔고, 주인은 종을 팔아 저잣거리에 늘어놓고서 싼값으로 흥정하고 있으니 개나 돼지만도 못한데도 관아에선 그저 본체만체하고만 있었다. 앞의 두 시전은 그 실상이 밉살스러우니 단단히 경계해야 할 것이요, 뒤의 한 시전은 그 실상이 측은하니 또한 한시바삐 해결하여 치워버려야 할 것이야'라고 했다네."

한데 개성상인들은 그보다 더 유의하고 경계해야 할 점으로 다름 아닌 권력과 일정한 거리를 유지하는 것을 들고 있다고 했다.

"다시 『사기』에서 읽은 대목 하나를 얘기해야겠네. 『사기』 중에 〈화식열전〉 편에 이런 얘기가 나온다네. 주나라 백규라는 사람이 남들과 달리 천문을 연구해서 일조량·강우량·기온의 변화 따위를 예측하여, 농작물을 대량으로 매집하였다가 되파는 수법으로 큰돈을 벌었다는 얘기일세. 무릇 상인이라면 이처럼 하늘의 날씨마저도 제 편으로 만들어야 하는데, 하물며 권력이라 해서 다를 게 또 무어가 있겠는가."

다만 상인에게 있어 권력이란 밑 빠진 독이나 다름없는 것임을 일렀다. 아무리 붓고 또 부어도 결코 채워줄 수 없는 것이 상인과 권력과의 사이일 뿐더러, 또한 기약할 수 없는 것임을 잊지 말 것을 당부했다.

"그럼에도 상인에겐 하늘의 날씨마저 제 편이어야 하는 것과 마찬가지로 권력 또한 너무 가까이 하여서도, 너무 멀리하여 눈밖에 벗어나 밉보여서도 안 되는 것일세. 구분九分은 모자라고 십분十分은 넘친다는 얘기가 적절한 표현인 줄 모르겠네."

송상의 행수는 마지막으로 덧붙였다. 농사가 하늘과

의 동업이라면, 상업은 사람과의 동업이라고 강조했다.

　"그렇다면 상인이 동업할 수밖에 없는 사람부터 우선 판별하여 옥석을 가릴 줄 알아야 하지 않겠는가?"

　그는 개성상인들이 사람의 얼굴로 됨됨이를 판별하여 알아보는 여덟 가지 방법을 마저 털어놓았다.

　먼저 '상詳이라 하여, 묻는 말의 대답에 얼마나 꾸밈이 있는지 살핀다. 다음은 변變이라 하여, 묻는 말에 얼마나 임기응변의 재능이 있는지 살핀다. 그 다음은 성誠이라 하여, 사람을 사이에 넣어 얼마나 성실한가를 살핀다. 그 다음은 덕德이라 하여, 마음에 품은 생각이나 감정을 스스럼없이 얘기해보아 얼마나 솔직한지를 살핀다. 그다음은 염廉이라 하여, 재물을 맡겨서 얼마나 청렴한지를 살핀다. 그다음은 정貞이라 하여, 여색을 사이에 넣어 행동이 얼마나 바른지 살핀다. 그다음은 용勇이라 하여, 위급한 상황에 처하게 되었을 때 얼마나 용감하게 대처하는지 살핀다. 마지막으로 태態라 하여, 술에 만취한 이후에도 몸가짐이 흐트러지지 않는지를 살핀다'는 것이었다.

　송상의 행수는 말을 마치기 전에 끝으로 당부했다. 지

금까지는 전통적으로 개성상인들이 학습하는 상술과 상략·사람 보기였다면, 행수 자신의 생지生知를 꺼내어 놓았다.

"나는 젊은 날에 상인의 길을 걷게 되면서 줄곧 『장자』를 손에 놓지 않았다네. 만덕 자네도 그리 하도록 하면 좋을 걸세."

그녀는 늙수그레한 송상의 행수가 이른 대로 따랐다. 며칠 뒤 서찰을 인편으로 제주 대촌에 사는 진사進士에게 보냈다. 그는 과거 시험에 여러 번 응시하였으나 마지막 대과까지는 이르지 못한 향반鄕班이었다. 한데 진사에게서 연락이 왔다.

"그대가 만덕 객주인가?"

벼슬을 하지 못해 누추한 집에 살고 있는 진사는 글을 읽을 줄 아는지 물었다.

"어렸을 적에 언문(한글)은 배워 읽고 쓰는 데 지장은 없으나, 「천자문」은 미처 배우지 못하였습니다."

진사는 그녀에게 책 한 권을 툭 내밀었다. 가져가도 좋다고 했다. 표지조차 떨어져 나간, 오래 되어 낡아빠진

책이었다.

"내가 젊은 시절 한양에 과거 보러 갔다가 눈에 띠어 구입한 『장자 명언』이란 책일세. 누가 썼는진 모르나, 읽기 쉽게 언문으로 절요節要되어 있다네. 그대에게 보탬이 될 것이야."

그녀는 큰절을 올렸다. 귀한 책을 주신 은혜를 잊지 않겠다며 진사의 누추한 집에서 물러나왔다.

탐라 최고의 거상 만덕 객주

김만덕은 지천명知天命에 이르렀을 때 제주 포구에서 맨 앞에 나서 경쟁하는 객주가 되었다. 상선을 벌써 여러 척 거느려 뭍과 직접 거래를 다녀나가면서 어느덧 제주 포구에서 빼놓을 수 없는 주요 객주로 부상했다. 아니 일일이 셈해보지는 않았어도 제주 최고의 거상으로 불리는 데 전혀 손색이 없었다. 이제 남은 마지막 상권의 영역이라면 제주목에서 조정에 올리는 갖가지 진상품이며 공물 따위를 뭍으로 운송하는 '진상선' 정도였다.

진상선은 겨울이 끝나는 2월에 시작되어 9월까지 계속되었다. 품목도 다양할 뿐더러 물량도 적지 않아, 객줏집이라면 누구나 군침을 흘릴 수밖에 없는 상권의 마지막 영역이었다.

우선 2월에는 추복(말린 전복), 조복(썰어서 말린 전복), 인복(펴서 말린 전본)과 함께 제주도에서만 나는 청귤 등을 실었다. 3월에는 추복, 미역, 미역귀 등이었다. 4월과 5월에는 추복과 인복, 표고버섯 등이었다. 6월과 7월에는 추복과 인복·오징어 등이었다. 8월에는 추복, 인복, 오징어, 비자(기생충 퇴치 약재), 반하(기침 약재), 석결명자(눈 약재), 엄나무 껍질(관절 약재) 등이었다. 마지막 달인 9월에는 추복과 인복은 물론 유자와 함께 유안식향(소독 약재) 등이었다. 그밖에도 다량의 감귤과 감자는 물론이고 벌꿀, 고라니와 노루의 가죽, 기각(탱자 열매), 100마리가 넘는 연례마年例馬며 세공마歲貢馬 따위가 빠지지 않았다.

한데 만덕 객줏집이 진상선에 진출하려들자 기존 객주들의 반발이 어느 때보다 격렬했다. 다른 건 다 양보할 수 있더라도 진상선만은 결코 막아야 한다며 만덕 객줏집에 날을 세웠다. 무엇보다 '덕판배'를 만덕 객주가 갖고 있지 않다는 점을 트집 잡았다.

덕판배란 뱃머리가 상선보다 두껍고 뭉텅하며, 선상은 넓은 나무판인 덕판으로 평평했다. 선체는 통나무 보호대를 대서 제주도 바다의 높은 풍랑이나 거대한 암석에 부딪혀도 충격에 견딜 수 있게 튼튼하게 만든, 제주도에서만 볼 수 있다는 고유의 선박이었다. 제주도가 그 옛날부터 백제, 신라, 왜 등과 교류할 수 있었던 것도 딴은 이 덕판배 덕분이었다.

물론 제주목에서 조정에 올리는 진상품이며 각종 공물은 제주 목사(종2품)와 판관(종5품)의 지휘 아래 관선官船으로 운송했다. 하지만 관선만으로는 턱없이 부족해 상인의 선박을 연중 운송 수단으로 대체하지 않으면 안 되었다.

"덕판배도 없는 주제에 진상선에 뛰어든다고?"

그쯤은 만덕 객주에게는 시간 문제였다. 덕판배를 만들어 진수하는 데 소요되는 기간은 고작 두어 달이면 충분했다. 첫 상선을 수리하여 바다에 띄울 때 밤중에 횃불을 밝혀 공기를 단축했던 성산포의 뱃사람들을 다시금 한데 불러 모았다.

"뭐, 만덕 객주가 덕판배를 진수했다고?"

그러자 이번에는 진상선의 특이점을 내세웠다. 800리 망망대해를 항해하려면 전혀 생각지 못한 돌발 상황이 수두룩하기 마련인데, 그럴 때 아무 경험도 없어 허둥대다 자칫 진상품이나 공물이라도 바다에 수장케 되면 또 어쩔 거냐며 윽박질렀다. 책임 추궁을 염려한 제주 목사와 판관은 "구관이 명관이다"라고 하면서 기존 진상선의 손을 들어주고 말았다.

문제는 때마침 6월이라 기존 진상품과 공물 외에도 마장馬裝과 함께 활에 매는 노루가죽이며, 연례마와 세공마까지 가득가득 실어야 한다는 것이었다. 운송을 맡은 객줏집의 덕판배 6척이 모두 무거운 하중을 이기지 못해 힘거워했다.

"저렇게 싣고 가다 괜찮겠어? 뭔가 하나라도 바다에 수장되고 마는 날엔 누구 목이 날아갈지 모르는데…."

그야말로 물속에 푹 가라앉아 겨우 목만을 내놓은 덕판배를 보고 사람들이 절레절레 고갤 흔들었다. 관아에서도 우려했다.

하지만 객줏집이 동원할 수 있는 덕판대가 더는 있지 않았다. 소문을 들은 김만덕이 자신의 덕판배를 대여해주겠다고 했는데도 단호히 뿌리쳤다. 몇 해 전에도 갑자기 세공말의 수효가 늘어나면서 그렇게 잔뜩 싣고 간 적이 있었다며 큰소리로 장담했다. 겉말은 그랬지만 진상선의 일부라도 빼앗길까 봐 덕판배의 대여조차 외면했다. 김만덕으로선 더 이상 어떻게 해볼 도리가 없었다.

한데 우려는 끝내 눈앞의 현실이 되었다. 제주도와 해남 땅끝 마을의 중간 기착지인 추자도 앞바다에서 진상선 한 척이 그만 침몰하고 말았다. 갑자기 불어 닥친 돌풍 앞에 진상선이 높은 파고에 기울어졌고, 선상이 기울어지면서 말들이 놀라 날뛰었다. 바다 쪽으로 기울어진 선상 쪽으로 말들이 일제히 미끄러져가면서 바닷물이 배 안으로 넘쳐들기 시작했다.

뱃사람들이 황급히 중심을 잡으려 애썼으나 이미 때가 늦은 뒤였다. 배 안으로 넘쳐 들어온 바닷물이 너무나 많아 미처 손쓸 겨를도 없이 진상선이 그대로 가라앉고 만 것이다.

"배가 침몰했다!"

일정한 거리를 둔 채 가장 가까이서 항해하던 다른 진상선이 허둥지둥 다가왔다. 높은 파고 속에서도 다행히 뱃사람들을 모두 구조할 수 있었다.

한데 뱃사람들을 서둘러 구조한 뒤 눈길을 돌렸을 땐 바닷물 속에 빠진 말들이 보이지 않았다. 더 멀리서 항해하던 진상선까지 다가와 합세했으나 거친 파고 속에 끝내 말들을 찾지 못했다. 이미 죽어 몸이 싸늘해진 말 두 마리만을 사체로 건져 올렸을 따름이다.

죽음의 문턱에서 가까스로 돌아온 뱃사람들은 안도의 한숨을 내쉬기도 전에 얼굴부터 하얗게 질렸다. 사체로 건져 올려진 말이 두 마리뿐이라는 사실에 넋을 잃은 표정들이었다.

"진상선이 침몰했답니다!"

제주 관아에 급보가 날아들었다. 진상선을 띄운 객주가 득달같이 달려왔지만, 제주 목사의 얼굴은 창백했다. 수장된 말의 마릿수만큼 당장 대령하라는 엄명에 진상선을 띄운 객주는 아무 말도 하지 못했다.

"이번 진상선은 만덕 객주가 당장 나서라."

진상선의 객주가 수장된 말의 마릿수만큼 대령했다고 하자, 제주 목사는 김만덕까지 관아로 불러들였다. 김만덕은 진상선의 객주가 지켜보는 앞에서 만덕 객줏집의 진상선 진출을 정식으로 공언했다. 만덕 객줏집이 이미 덕판배까지 마련한 마당에 진상선의 객주는 울며 겨자 먹기로 제주 목사의 뜻에 따르지 않으면 안 되었다.

"만덕 객줏집의 진상선이 뜬다네!"

수장된 말의 마릿수만큼 연례마와 세공마를 다시 실은 덕판배가 사흘 뒤 제주 포구에서 돛을 올렸다. 그녀로선 마지막 남은 상권의 영역인 진상선마저 띄우는 벅찬 순간이었다. 만덕 객주가 제주 최고의 거상이라는 걸 이제 누구도 부인할 수 없는 풍경이기도 했다.

3장

곳간을 열어 나누다

유성이 지고 컴컴해진 한낮

정조 19년(1795)이었다. 김만덕이 57세가 되던 해였다.

제주도 사람들이 저마다 소리 죽여 울었다. 아이도 어른도 북받치는 울음을 그칠 줄 몰랐다. 하늘을 우러러 통곡했다. 땅을 치며 몸부림쳤으나 이마를 때리는 땡볕만이 연일 따가웠다. 샘물이 바닥을 드러낸 지 무려 한 해가 지났으며, 거북이 등처럼 쩍쩍 갈라진 메마른 대지 위엔 초록의 기운마저 사라진 지 오래였다. 폐허와 공허 속에 흙바람만이 뜨거운 햇볕 아래 황량했을 따름이다.

이상한 조짐은 이미 이태 전 이른 봄부터 시작되었다. 정월 초순부터 해를 중심으로 둥근 무지개 현상 곧 햇무리가 졌는데, 안쪽은 붉은색이고 바깥쪽은 푸른색이었다. 이틀 뒤에도 다시 흰 무지개가 뜨고, 삼중의 햇무리가 나타났다. 좀처럼 보기 드문 '불길한 징조'였다.

이어 한 달 가까이 한낮에도 샛별(금성)이 보여 불안감을 자아내게 했다. 이어 유성이 나타나고, 운석이 떨어지면서, 일조량이 크게 감소했다. '마치 먼지가 내리듯' 낮에도 날이 어두웠다. 오시(낮 12시 안팎)부터 유시(오후 6시 안팎)까지 온통 사방이 컴컴했다.

2월 중순이 되자 때 아닌 눈과 우박이 내렸다. 오후 들어선 눈과 비가 섞여 내렸다. 3월부터 4월까지 서리와 우박이 내려 이제 막 자라난 곡식의 어린 싹이 죽고 목화와 삼이 피해를 입었다.

봄비가 내려 대지를 적셔야 하는데도 가뭄이 지속되었다. 봄 농사가 가망이 없다는 소리가 도처에서 울음처럼 들리기 시작했다.

비가 너무 오지 않아 대지가 메말라가면서 밀과 보리가 모두 말라 죽은 뒤였다. 파종조차 하지 못하게 된 주민들이 불안감을 느껴, 마을 단위로 기우제를 지냈다. 그래도 비가 내리지 않자, 기우제를 거듭 지냈다. 어떤 마을에선 4월 한 달 사이에 기우제를 여덟 번이나 지내기도 했다.

그런 지극정성이 마침내 하늘을 움직인 것일까? 살인적인 가뭄이 계속되던 4월이 지나가자 5월 들어 갑자기 비가 내리기 시작했다. 처음 한동안엔 오랜 가뭄 끝에 큰비가 내리기 시작하자 사람들이 단비라며 하늘을 보고 반겼다.

하지만 나흘, 이레, 열흘, 보름 넘게 비가 연이어지자 또 다른 불안감에 휩싸였다. 가뭄은 가까스로 견뎌낼 수 있었다 하더라도 장마는 세상의 모든 것을 뒤덮어버렸다. 파종 시기를 이미 놓쳐 농사를 망쳐버린 대지는 연일 내린 비로 거대한 호수로 변해갔다. 곳곳에서 참혹한 홍수 피해가 났다. 불과 한 달 전까지만 하여도 비가 내리지 않아 기우제를 지냈는데, 이젠 비가 너무 많이 쏟아져 내려 기청제를 지내야 한다는 소리가 절로 나올 지경이었다.

곡식이 한창 무르익어갈 8월에 들어서도 재앙은 멈출 줄 몰랐다. 장마가 휩쓸고 지나간 대지 위엔 때 아닌 해충들이 극성을 부렸다. 메뚜기 떼가 온 들판에 퍼져 마지막 남은 쭉정이마저 휩쓴 데 이어, 어디서 나타났는지 모를 참새 떼가 하늘을 새까맣게 뒤덮으며 곡식은커녕 산에 도토리나 밤도 열리지 못하게 만들었다.

결국 하늘에 기대어 농업을 근본으로 삼아온 백성들은 대기근에 허덕였다. 제주도가 아닌 뭍이라고 해서 상황이 조금도 다를 게 없었다. 함경도에서 제주도까지 전국토가 한결같았다.

사람들은 절망에 한탄했다. 그저 바닥에 주저앉아 소리죽여 울 수밖에는 없었다.

곳곳에선 굶주리다 못해 어린 자식이나 늙은 부모를 버린다거나, 아니 죽이는 비극도 빈번했다. 단순히 남의 식량을 빼앗기 위해서도 그랬지만, 더욱 기가 막혔던 건 한 명이라도 먹는 입을 줄이기 위해서라는 사실이었다.

한데도 제주 목사 이철운은 백성을 돌보지 않았다. 주지육림에 빠진 채 백성들을 구할 환곡(봄철에 낮은 이자로 빌려주었다가 가을철에 거둬들이는 곡식)으로 터무니없는 고리채 놀이를 하고 있었다. 정조 17년(1793) 사헌

부 장령(정4품) 강봉서가 이 같은 사실을 전해 듣고 조정에 상소했다.

　탐라도에 흉년이 자주 드는데, 지난해에는 가을 추수가 크게 흉작이라 겨울에서 여름에 이르는 동안 굶어 죽는 이가 수천에 이르렀습니다. 또한 올해 8월에는 태풍이 계속해서 몰아쳐서 정의와 대정 지역이 불모지처럼 되었으며, 제주읍 동서쪽 지역의 피해가 극심하여 돌아올 봄에는 굶어죽는 자가 더욱 많아질 것입니다. 한데도 목사 이철운은 주야로 술에 취해 백성들은 돌보지 않고 있을 뿐더러, 환곡을 불법으로 수납하여 한 섬에 두어 말씩 더 받고 있다 합니다. 곡식을 나눠줄 적에는 됫박을 짜게 해서 한 말이라도 겨우 7~8되밖에 되지 않으며, 구호미를 나눠줄 때도 작은 말로 주고 되돌려 받을 때는 큰 말로 받는 형국이라 곡식 한 섬마다 두어 말씩을 남기니 이를 모두 합하면 천여 석이나 된다 합니다….

　정조는 즉시 암행어사를 제주도로 내려보냈다. 암행어사 심낙수沈樂洙를 파견하여 제주도의 참상과 목사의 횡포에 대해 보고받고 이철운을 파직시켰다. 아울러 심낙수를 새로운 목사로 제수하여 제주도에 눌러 앉혔다. 동시에 일찍이 보지 못한 굶주림에 날마다 신음하는 백성들의 구휼에도 적극적으로 나섰다.

"가엾은 우리 백성들에게 무슨 죄가 있단 말인가? 아, 허물은 모두 나에게 있을진대 어찌 재앙은 백성들에게 내린단 말인가…?"

이때 제주도 백성들을 위한 정조의 구휼에 관한 기록이 당시 덕흥 현감(정7품)이었던 조화석趙華錫의 「유선록」에 전한다. 그는 왕명을 받고 제주도민을 구휼하기 위해 배로 곡식을 실어 나르는 임무를 맡았다. 정조는 전라도 관찰사에게 연해沿海 10개 읍邑의 세곡을 모두 제주도로 운송케 하고, 해신제海神祭를 지내도록 명했다.

조화석은 전라도 10개 읍에서 모은 세곡 1만3백석을 선박 26척에 나눠 싣고, 굶주린 탐라의 백성들을 살리기 위해 제주도로 향했다. 출항하기 전에 축문을 해신에게 빌었던 덕분일까? 출항하기 전의 우려와는 달리 순풍을 타고 무사히 800리 망망대해를 건넜다.

대기근으로 지옥이 된 탐라

오랜 가뭄에 이어 오랜 장마가 겹치면서 제주도는 아름답던 모습을 모두 잃었다. 흙바람만이 남은 황량한 들판은 폐허와 공허만이 스산했다. 가뭄과 장마가 잔인하게 할퀴고 간 들판은 길도 밭도 깡그리 사라졌다. 마실 물조차 구하기 어려운 지경이었다. 천 년 동안이나 마른 적이 없다는 대정성城의 뒤쪽에 있는 봉우못도 바닥을 드러낸 지 오래였고, 성문 앞의 남문지만이 아직 물이 고여 있어 마실 물을 얻으려는 사람들로 연일 아우성이었다.

설상가상으로 역병마저 창궐했다. 시름시름 앓다 소문도 없이 죽어가는 자들이 속출했다. 무슨 병인지 알지도 못한 채 사람들이 연달아 소리 없이 죽어나갔다.

그렇대도 무엇보다 견디기 어려웠던 건 굶주림이었다. 조정에서 구휼을 위해 내려 보낸 곡식이 적지 않았다지만, 그것만으론 간에 기별도 가지 않았다. 달포도 지나지 않아 굶주림에 못 이겨 먹을 것을 찾아 떠도는 사람들이 다시금 늘어만 갔다.

한데도 식량이 완전히 고갈된 춘궁기에 접어든 들판엔 풀 한 포기 찾아보기 어려웠다. 굶주린 사람들이 바닷가로 몰려가 그곳에 서식하는 작은 조개도 잡아먹었지만 오래 가진 못했다. 해안에 있는 작은 조개의 씨마저 이내 남김없이 말라버렸다. 사람들이 아귀같이 산으로 몰려가 풀뿌리며 소나무 껍질을 벗겨내어 속껍질인 송기를 긁어 죽을 써먹었지만, 그 역시 오래 가진 못했다. 껍질이 남아 있는 멀쩡한 소나무조차 찾기 어려워졌다.

그러면서 길거리엔 버려진 사람들이 늘어갔다. 자식이 늙은 부모를 버리고, 부모가 어린 자식을 길거리에 내다버리는 일이 다반사였다. 가장이 가족을 버리고, 아내는 남편을 버리고 도주하는 일쯤은 흔히 볼 수 있는 일상이었다.

급기야 극한의 굶주림 속에 인육을 먹었다는 소문마저 나돌았다. 한라산 산중에 사는 어떤 여인이 자신의 3살배기 어린 아들을 죽여서 그 고기를 먹었다는 것이었다. 분명 비판받을 일이었는데도 처지가 그런 만큼 사람들은 시큰둥했다. 관아에서조차 굶주림이 절박했고 구휼이 미치지 못했기에 그런 일이 벌어진 것쯤으로 이해하고 넘어갔다.

물론 식량을 구하러 상선을 뭍으로 부단히 출항시켜도 보았다. 전라도 나주만이 아니라 해남의 땅끝이며, 강진, 장흥, 보성, 고흥, 벌교, 여수까지 상선을 띄웠다. 식량을 구할 수 있다는 소문이라도 듣게 되면 심지어 경상도 하동, 고성, 창원까지도 헤집고 다녔다.

하지만 뭍의 상황 역시 제주도와 별반 다를 게 없었다. 농사를 많이 짓는다는 호남과 영남마저 가뭄과 홍수로 벌써 이태째 농사를 망친 터였다. 그 지역 또한 먹을 식량을 구하지 못해 아우성치고 있는 마당에 다른 지역 사람들을 보살필 여력이 없었다. 보리쌀을 구하기란 하늘에 별 따기만큼이나 어려웠다. 기대를 안고 출항한 상선마다 빈 배로 조용히 돌아오기 일쑤였다.

"배가 들어온다, 배가 들어온다!"

그런 허탕 속에서도 간혹 식량을 실은 배가 돌아오고는 했다. 오랫동안 거래하던 뭍의 객주에게 손바닥이 닳도록 통사정을 해서 그리 많지 않은 양이지만 어렵게 식량을 얻어오고는 했다.

"재앙이 내년까지 3년간 지속될지 누가 알겠는가? 해서 비축해둔 보리가 조금 있는데. 아직 도정搗精되지 않은 상태일세. 그것도 괜찮겠는가?"

"암요, 좋고 말고요. 지금 어디 가서 보리를 구한단 말이오?"

그렇게 도정하지 않은 보리라도 어렵사리 구한 배는 제주 포구가 멀리서 바라보일 때부터 벌써 의기양양하게 다가왔다. 빈 배로 돌아오는 가벼운 몸집이 아니라 선수부터 묵직하게 가라앉은 모양새부터가 달랐다. 그 같은 모양새를 용케 알아본 누군가가 제주 포구로 들어오는 배를 보고 반가움에 소리쳤다.

하지만 한 배 가득 실었다 하더라도 포구에 하역해 놓

은 보리의 양은 얼마 되지 않았다. 굶주림에 신음하는 사람들의 배를 채우기에는 턱없이 부족했다. 그나마 그 식량은 돈푼깨나 만진다는 사람들에게나 돌아갔다. 없는 자에겐 그저 그림의 떡이었을 따름이다.

"소문 들었는가? 먹지 못해 마누라가 죽자 그 마누라의 허벅지를 삶아서 새끼들과 함께 나눠 먹었다는."

보리를 실은 배가 들어온 다음 날 아침에도 소문은 흉흉했다. 뭍에서 들어온 보리는 누구의 입에 들어갔는지 제주도의 굶주림은 전혀 달라지지 않았다. 길거리는 버려진 사람들의 신음소리로 여전히 참혹한 지옥 같았다.

쾅, 쾅, 쾅!

대문 두드리는 소리였다. 만덕 객줏집은 이른 아침부터 몰려든 사람들로 소란스러웠다. 먹을 것을 찾아 떠도는 이재민들이 이른 아침부터 그녀의 집으로 몰려들었다. 벌써 몇 달째 똑같은 풍경이었다.

만덕 객줏집의 사람들도 부지런히 움직였다. 몰려든 그들에게 한 끼나라도 먹여 보내려면 분주할 수밖에 없었다.

누구는 몰려든 사람들의 줄을 세우는 데 여념이 없고, 누구는 마당에 내놓은, 몇 개나 되는 커다란 밥솥에 불 지피는 데 여념이 없고, 또 누구는 열무김치 한 조각이라도 더 나눠주기 위해 부지런히 손놀림을 해야만 했다.

"어떻하죠? 이재민들이 좀체 줄어들 줄 모르니."

찬모 한 사람이 걱정 어린 얼굴로 다가왔다. 도무지 끝이 보이지 않는다며 한숨지었다.

김만덕도 자신의 집을 찾는 이재민들이 날로 늘어만 간다는 사실을 알고 있었다. 이른 아침이면 기나긴 줄을 걱정 어린 눈길로 바라보고 있었다. 하지만 자신의 집에서 하루 한 끼를 얻어먹지 못하면, 당장 주린 배를 움켜쥐고 죽음을 기다려야 하는 그들을 차마 그냥 돌려보낼 순 없었다.

한데도 하늘은 무심했다. 혹독한 가뭄에 이어 거대한 홍수가 모든 것을 휩쓸고 지나간 데 이어, 다시 기나긴 가뭄으로 대지에 남아난 거라곤 없었다.

그러던 어느날 마침내 우려하던 일이 눈앞에 펼쳐지고 말았다. 자고 나니 몰려든 사람들로 아우성이었다. 소문을 듣고 멀리서 이재민들이 떼거지로 몰려든 것이었다.

"너무나 많습니다. 멀리 한림과 대정에서는 물론 구좌와 성산 지역에서조차 사람들이 몰려든 거랍니다."

김만덕은 서둘러 방문 바깥으로 나섰다. 전날과 또 달리 길게 늘어선 이재민들의 줄을 확인했다.

"무엇들 하고 있는가? 어서 불을 지펴 밥을 짓지 않고."

그녀는 집안 일꾼들을 돌아보며 침착하게 입을 열었다. 여느 때보다 확신 에 찬 음성이라 누구도 토를 달지 못했다.

굶주림으로 고통받는 사람들을 목도하게 된 김만덕은 그들을 돕는 데 팔을 걷어붙였다. 어린 시절에 누구보다 가난을 뼈저리게 체험했기 때문에 어려운 처지에 놓인 사람들을 보면 절로 연민의 감정이 우러나왔다. 마치 자식을 정성껏 양육하는 어머니의 마음과도 상통하는 것이었다. 『승정원일기』에도 이를 뒷받침하는 기록이 있다.

제주 목사가 관아에 나아가 임금님의 은혜로운 하교下敎를 널리 알렸다. 김만덕은 먼 끝자리에서 그 내용을 듣고 난 뒤 한숨을 쉬며 말했다. "바다 멀리 떨어져 있어서 구중궁궐은 아득한데 우리 탐라 사람을 먹이는 일은 불에 타거나 물에 빠져 금방 죽을지도 모를 사람을 구하는 것과 같이 시급하다. 우리 같은 소인들이 감히 자신의 재물에 애착을 가져 자신만의 이익을 도모할 것인가"라고 하였다. 마침내 재물을 기부해 가난하고 곤궁한 사람들을 구휼하니 전후로 살아남은 사람들이 수천 명이나 되었다….

곳간을 모두 열어라

곳간을 열었는데도 밑 빠진 독에 물붓기였다. 몰려든 이재민의 줄이 끝날 줄 몰랐다. 마당에 내놓은 몇 개나 되는 커다란 밥솥을 모두 퍼주어도 기나긴 줄이 연이어졌다. 밥을 퍼 담던 찬모가 주걱을 든 채 울먹이는 목소리로 말했다.

"어떡해요? 아직도 밥을 퍼주지 못한 병든 늙은이며 아이들이 수두룩한데 어떡하면 좋아요."

울먹이는 찬모에게 결심한 듯 김만덕이 입을 열었다. 모두가 그녀의 입에 주목했기 때문에 그녀의 결심을 누구도 듣지 못한 이가 없었다.

"곳간을 모두 열어라."

일꾼들은 의아해했다. 혹은 놀라거나 잘못 들었나 싶어 그녀 곁으로 다가섰다. 찬모는 알 수 없다는 표정으로 재빨리 손사래를 쳤다.

"안 됩니다. 곳간을 마저 다 열 순 없습니다."

그들은 알고 있었다. 곳간을 모두 연다는 의미가 무얼 뜻하는가를. 곳간을 모두 열어보았자 한 달을 버티지 못한 채 결국은 모두가 기아에 빠져들고 만다는 걸.

"그렇다고 우리만 살 순 없는 일이네. 병든 노인과 아이들이 굶어죽어 가는 걸 보고만 있으란 말인가?"

김만덕은 굴하지 않았다. 누구도 선뜻 곳간의 문을 모두 다 열려하지 않자 자신이 직접 나섰다. 곳간의 문을 모두 다 활짝 열었다. 밥솥에 불을 계속 지피라고 손짓했다.

어느새 알았는지 담장 밖에서 함성이 울렸다. 한림과 대정, 구좌와 성산 지역에서 몰려든 이재민들은 뒤늦게 도착해서 미처 밥을 얻지 못했는데 그들이 내지른 안도의 함성이었다.

"가난은 나라도 구하지 못한다 하였는데, 뒷감당을 어찌 하려고 곳간마저 열라 하시는 겁니까?"

보다 못한 늙은 행수行首가 넌지시 훈수했다. 만덕 객주 초기에 상선을 세 척으로 늘려 몸집이 커졌을 때, 송상의 행수가 일러준 대로 객줏집의 운영 방식을 변모시키면서 받아들인 관리자였다. 그녀에겐 자신의 오른팔과도 같은 늙은 행수였다.

"급히 나주를 다녀오셔야겠소"

늙은 행수는 그녀의 언문 편지를 받아들고 이튿날 곧바로 나주로 향했다. 나주의 영산포에 당도하자 커다란 선촌 안으로 뚜벅뚜벅 걸어갔다. 자주 다니는 길인 듯 익숙한 걸음걸이로 어느 객줏집의 안으로 성큼 들어섰다.

"아니 온다는 기별도 없이 어인 일로 오셨소?"

턱밑 검은 수염이 덥수룩한 젊은 객주가 늙은 행수를 보자 깜짝 놀라 반겼다. 둘은 부자지간이라 해도 믿을 정도로 나이 차이가 꽤 나보였지만, 오래전부터 알고 지낸 듯 친밀한 얼굴이기만 했다. 다름 아닌 만덕 객주가 맨 처음 거래를 터나갈 때 도움을 준 털보선장의 아들이었다. 나이 들어 털보선장이 죽고 아들이 영산포에 있던 객주와 상선을 이어받으면서, 만덕 객주와 변함없이 거래를 해오고 있는 터였다.

"여기 댓빵(객주의 주인인 대방을 일컬음)의 언문 서찰일세."

늙은 객주는 언문 편지를 건넨 뒤 자초지종을 얘기했다. 제주도는 다른 지역과 달리 뭍에서 곡식이 들어오지 않으면 당장 굶을 수밖에 없음을 상기시켰다.

김만덕이 보낸 언문 편지를 죄다 읽은 젊은 객주는 고갤 끄덕였다. 제주도 사정이 인육을 먹을 만큼 한계에 도달했다는 걸 소문으로도 익히 들어 알고 있었다.

하지만 뭍의 사정 또한 여의치 못했다. 돈을 주고도 곡식을 사들일 수 없었다. 전국 어딜 가도 곡식을 내놓는 데가 없다고 하소연했다.

"그러잖아도 벌써 엿새 전에 군산, 보령, 아산, 평택에까지 배를 보냈어요. 기대는 해보겠지만, 제주도엔 가지 못할 수도 있습니다."

모처럼 먼 바다를 건너온 늙은 행수에게 약속을 할 수 없다며 아쉬움을 거듭 표명했다. 오랫동안 거래해온 만덕 객주에게 뭍 사정을 잘 전해달라는 당부도 잊지 않았다. 그러면서 가축 사료로 쓸 기장이 창고에 좀 남아 있으니 필요하다면 가져가라고 했다. 보나마나 이 가뭄에 자란 기장이 쭉정이일 게 뻔했지만, 그나마 죽이라도 쑤어 먹을 수 있어 그러마 하고 냉큼 대답했다.

늙은 행수는 얼마 되지 않은 기장만을 싣고서 제주도로 돌아와야 했다. 이젠 오직 하늘의 뜻을 기다리는 수밖엔 없었다.

그러는 사이에도 이른 아침이면 대문을 두드리는 소리가 그치지 않았다. 사방에서 모여든 이재민의 기나긴 줄이 끝이 보이지 않았다. 만덕 객줏집의 일꾼들은 물론이고 몰려든 이재민들조차 언제 끝날지 모르는 불안감에 초조하기는 마찬가지였다.

"이대로 가다간 오래 가기 어려울 것 같습니다. 무슨 샘물처럼 곳간에서 곡식이 솟아나는 것도 아닌데. 다음 달 초순이면 결국 바닥을 드러낼 겁니다."

대책 수립이 시급했다. 하루를 걸러주자, 이틀을 걸러주자, 아니 사흘을 걸러주자는 얘기까지 나왔다. 아니다. 사태가 얼마나 심각한지 전혀 모르고 하는 소리다. 닷새를 걸러주어야 마땅하다는 소리마저 터져 나왔다. 내부에서조차 의견이 엇갈렸다. 결국 김만덕이 결단을 내려야만 했다.

"이렇게 할 것이오."

결국 깊은 한숨 속에 당분간 홀수 날짜에는 대문을 걸어 닫기로 했다. 홀수 날짜는 건너뛰고 짝수 날짜에만 한 끼의 밥을 주기로 했다. 한시적 궁여지책으로 얼마간 시간을 다소 연장할 수 있었지만, 뭍에서 들어오는 뱃길이 뚝 끊어진 텅 빈 바다는 여전히 공허하기만 했다. 그 바다를 바라보는 눈길마다 불안할 수밖에 없었다. 내려쬐는 땡볕만이 메마른 대지 위에 여전히 이글거리고 있을 뿐이었다.

진사의 누추한 집에 당도한 수레

시나브로 한 달여가 지나갔을 때쯤 공허한 바다 위에 난데없는 상선이 나타났다. 처음엔 헛것을 보고 있다고 생각하는 이도 없지 않았으나, 포구 사람들은 영락없이 상선이라고 점쳤다.

아니나 다를까. 일각(대략 15분)도 지나지 않아 사람들은 확신하기 시작했다. 얼마 만에 보는 상선인지 몰랐다. 뭍에서 들어오는 상선임을 확인하곤 배가 들어온다고 소리쳤다.

"어느 객줏집으로 들어오는 배일까?"

이윽고 제주 포구로 상선이 가까이 들어오자 구경나온 사람들로 북적였다. 객줏집들도 빠지지 않았다. 혹 자신의 객줏집으로 들어오는 상선일지도 모른다는 일말의 기대를 한 채 배가 포구에 닿을 때까지 숨죽였다. 김만덕도 늙은 행수도 빠질 리 만무했다.

상선의 선장은 뜻밖에도 턱밑 검은 수염이 덥수룩한 젊은 객주였다. 영산포에서 출항한 배가 제주 포구에 닿으면서 가장 먼저 반긴 이는 만덕 객줏집의 늙은 행수였다. 다른 객줏집 사람들은 실망하여 부러운 눈길로 그녀만을 바라보았다.

"오지 못할 수도 있다 하더니만."

"때마침 청나라에서 청곡이 들어와 시장에 풀렸지 뭡니까?"

이태째 계속되는 대기근에 조정의 고민은 깊어갔다. 의견도 분분했다. 청나라에서 청곡請穀을 지원받아 고통받는 백성들을 당장 구해야 한다는 의견과 오랑캐 청나라로부터 청곡을 지원받는 건 치욕이라는 의견으로 엇갈려 양측이 팽팽하게 맞섰다. 계속되는 갑론을박 속에 정조(22대)는 결국 고통받는 백성들을 구하기로 결심했다. 청나라로부터 청곡을 지원받기로 한 것이다.

조선으로부터 청곡 지원을 요청받은 청나라는 발 빠르게 움직였다. 시장에서 구매한 쌀 4만 석과 황제가 하사한 1만 석을 합쳐 수레로 배로 실어 보내왔다. 그 쌀이 시장에까지 흘러나오게 되자, 그동안 쌀을 움켜쥐고만 있던 지주들도 쌀값의 폭락을 염려한 나머지 일제히 쌀을 내놓기 시작했다. 비록 음성적이긴 하나 시장에 쌀이 조금 풀리면서 숨통이 트이게 되었다는 것이다.

그렇대도 육지에서나 통할 수 있는 얘기였다. 대기근의 고통이 조선 팔도 어디나 다 똑같다지만, 제주도의 사정은 또 달랐다. 시장에 음성적으로 조금 풀렸다는 쌀이 제주도까지 흘러들어오지 않는 한 모두가 그림의 떡일 따름이었다.

더군다나 쌀값이 터무니없었다. 쌀을 보고서도 선뜻 사들이기엔 살이 떨릴 정도로 몇 곱절을 더 지급해야 했다.

"그것도 단골이 아니고선 통 쌀을 내놓을 생각을 하질 않아요. 이번에 싣고 온 쌀도 평택까지 올라가 겨우겨우 사들인 것이지 뭡니까? 그래서 다른 사람을 보내지 않고 내가 일부러 제주까지 들어온 겁니다."

젊은 객주는 늙은 행수의 손을 다시 한번 덥석 부여잡았다. 애써 말하진 않았어도 아버지 대부터 거래해온 오랜 인연 때문에 바다를 건너오게 되었다는 얘길 대신하고 있었다.

"쌀을 하역합시다. 객주로 운반토록 합시다."

깊은 생각에 잠겨 있던 김만덕도 이내 입을 열었다. 젊은 객주가 원하는 쌀값을 쳐주겠다고 흔쾌히 대답했다. 셈이 빠른 행수의 얼굴이 순간 일그러졌다. 자신이 생각하기엔 그 가격대에 도저히 구매할 수 없는 계산이었다. 더구나 그렇게 사들인 쌀이 대문 밖 이재민들의 입에 들어갈 것을 생각하니 눈앞이 아찔했다.

"행수, 나는 저들을 외면할 수 없습니다. 영산포 객주도 가능하다면 배를 주기적으로 보내주었으면 합니다. 내년 보리가 나올 때까진 도무지 다른 방도가 없군요."

김만덕은 땅광(지하 창고)으로 가 돈궤 하나를 젊은 객주에게 내밀었다. 행수는 어안이 벙벙해 두 눈을 둥그렇게 떴지만, 그녀는 평온해 보였다. 눈빛까지도 편안하기만 했다.

"좋습니다. 이 가격대로라면 쉽지 않은 뱃길이긴 하지만, 한 달에 한 번은 배를 보내드리도록 할 것입니다."

의로운 기상으로 굶주린 백성들을 살리고자 기꺼이 나선 김만덕의 제민濟民 정신은, 우리의 옛 정신에 내재된 인문학적 가치와도 일맥상통한다. 또한 일찍이『사기』에서 사마천이 후세 사람들에게 일깨워 준 자기완성의 내용과도 다름이 없었다.

어진 사람이 조정에 들어가 정사政事에 깊숙이 간여하다가도 믿음을 지키려 절개를 위해 죽는 것이나, 선비가 바위 동굴에 은거하면서도 세상에 이름을 떨치게 하는 건 무엇을 위한 것이겠는가? 결국은 자기완성을 위한 것이다.

따라서 과욕하지 않으며 청렴한 관리로 오랫동안 일하다 보면 봉록만으로도 갈수록 부유하게 되는 자기완성에 이를 것이며, 턱없이 비싼 값을 부르지 않는 공정한 장사꾼도 결국 신용을 얻어 부자가 되는 자기완성에 이르게 되는 법이다. 이처럼 자기완성이란 사람의 본성과 같아서 애써 배우지 않아도 스스로 추구할 수 있는 것이다….

　　요컨대 굶주린 사람들의 고통을 자신의 아픔처럼 동정한 김만덕의 마음은 자신이 일군 재산으로 하루바삐 그들을 돕고 싶어 하는 선한 의지로 가득 찼음을 볼 수 있다. 사마천이 언급한 자기완성의 진정성을 확보한 인물이었음을 확인할 수가 있다. 사마천이 강조한 '일 년을 살고자 한다면 곡식을 심고, 십 년을 살고자 한다면 나무를 심으며, 백 년을 살고자 한다면 선행을 베풀어야 한다'는 도덕정신의 실천이기도 했던 것이다.

　　"와아!"

　　대문 바깥에서 커다란 함성이 울렸다. 이제는 홀수 날짜이고 짝수 날짜이고 가리지 아니하고 하루 한 끼의 밥을 얻을 수 있다는 반가운 소식을 들은 이재민들의 입에서 터져 나온 함성이었다.

　　며칠 뒤, 김만덕은 늙은 행수와 함께 모처럼 나들이에 나섰다. 제주 대촌에 사는 진사의 누추한 집을 찾았다. 진사의 누추한 집은 속절없이 흘러간 무수한 세월 탓인지 한눈에 보아도 쇠잔했다. 부엌의 아궁이엔 언제 밥을 지어먹었는지 모를 만큼 온기조차 남아 있지 않았다.

"자네가 왠 일인가?"

진사는 변함이 없었다. 더욱 누추해진 집에서도 꼿꼿한 모습 그대로였다.

"어려운 시기에 진즉 찾아뵈었어야 하는데 그렇질 못하였습니다."

"자넨 여러 사람의 명줄을 책임지는 쓸모 있는 나무가 됐으니 그럴밖에."

진사는 『장자 명언』 얘길 꺼냈다. 그동안 얼마나 읽었는지 궁금해했다.

"닳도록 읽었습니다."

그녀는 진사가 준 『장자 명언』을 그동안 일백 번도 넘게 읽었다.

"그중 어느 대목에서 깨달음을 얻은 것 같던가?"

어느 날 장자가 까치를 사냥하려고 활시위를 당기려했다. 한데 자세히 보니 까치가 나무 잎사귀에 앉아 있는 사마귀를 노리고 있었다. 또 그 사마귀는 시원한 나무 그늘에서 울고 있는 매미를 노리고 있었다. 까치와 사마귀는 먹이 사냥에 그만 정신이 팔려 자기에게 다가오는 급박한 위험을 눈치 채지 못했다.

"먹이에 정신이 팔리면 먹이가 된다. 이익에만 정신이 팔리게 되면 되레 불이익을 초래한다는 사실을 알았으니, 자넨 틀림없이 큰 상인이 되었겠구먼."

세상과 아예 담을 쌓고 사는 것 같아도 진사는 담장 바깥에서 벌어지는 사태까지 훤히 꿰고 있었다. 심지어 어젯밤엔 참다못한 이재민들이 분노해 일제히 제주목의 관아로 몰려가 철야 농성을 했다는 것까지 소상히 알았다.

"남들이 안 하는 일을 자네가 도맡아하고 있단 얘길 내 진즉 들었네. 부디 초심을 잊지 말게."

"모두가 진사 어른의 덕분입니다."

그녀가 진사의 누추한 집을 나선 지 한 시진時辰(대략 2시간)이나 되었을까? 쌀 가마를 실은 수레가 진사의 누추한 집에 당도했다. 그녀가 보낸 수레였다.

임금을 알현하다

예부터 흔히 불가항력의 재앙을 당해 많은 사람이 기근의 굶주림에 처하게 되면, 좀 넉넉하게 산다는 지주가 의협심을 발휘해서 관아에 곡식을 내놓고는 했다. 제주도에서도 그런 지주가 없지 않았다. 고한록이 쌀 3백 석을 내놓았다. 홍삼필과 양성범도 각기 100석씩 내놓아 관아가 소유한 곡식을 보태어 진자賑資에 보충케 했다.

제주 목사 심낙수는 이들을 치하하는 장계를 조정에 올렸다. 조정은 이들의 공적을 높이 평가했다. 고한록에겐 대정 현감(정7품)의 벼슬을 내렸고, 홍삼필과 양성범에게도 관직을 하사했다. 그러나 어찌된 일인지 그들보다 더 큰 공적이 있는데도 김만덕에 대한 장계는 조정에 올리지 않았다.

　백성들의 원성이 높았다. 이재민들은 관아로 몰려갔다. 며칠째 철야 농성을 벌이기도 했다. 암행어사로 왔다가 제주 목사로 눌러앉은 심낙수에 대한 불만이 극에 달했다.

　그런 심낙수가 물러나고 이우현이 제주 목사로 제수되어 왔다.

　이우현은 김만덕의 선행을 전해 듣고 그녀의 공적이 조정에 올려지지 않은 사실에 깜짝 놀랐다. 이우현은 승정원을 통해 임금에게 장계를 올렸다. 정조 20년(1796) 늦여름이었다.

　제주도에서 올라온 장계를 읽은 정조는 아침 상참 자리에서 대신들에게 일렀다.

　"이러한 의인이 백성 가운데 있었단 말인가? 하찮은 아녀자가…."

　전례를 찾을 수 없는 아녀자의 선행에 대신들도 술렁였다. 임금의 성은이 온누리에 퍼진 덕분이라며 감격해했다.

정조는 우의정 채제공에게 이렇게 명했다.

"제주 목사에게 명을 내려 김만덕의 소원이 무엇인지 알아보시오. 그리고 그 소원이 무엇이든지 간에 다 들어 주시오."

어명이 제주목에 전달되자, 김만덕이 불려갔다. 제주 목사 이우현이 그녀에게 소원이 무엇인지 물었다.

"아녀자의 몸으로 지금껏 편안하게 살아올 수 있었던 건 오직 성상의 하해와도 같은 은덕이온데 어찌 또 다른 욕심이 있겠습니까?"

다만 소원이 있다면 성상을 한번 우러러 뵙는 것과 금강산 일만 이천 봉을 유람해보는 것이라고 했다.

"무어라? 주상 전하를 알현하고 싶다고?"

목사는 기가 막혔다. 자신도 임금을 면전에서 바라볼 수 없는데, 세상 물정 모르는 아녀자가 언감생심 임금을 알현하고 싶다니.

"가당치도 않다. 아녀자는 탐라 밖으로 나가지 못하는 게 국법이다. 더군다나 관작이 없는 평민은 주상전하를 알현할 수 없다. 따라서 아녀자가 주상전하를 알현한다는 건 왕조 역사에도 없던 천부당만부당한 일이 아니냐?"

다른 소원을 말해보라 했다. 김만덕은 고개를 내저었다. 다른 소원이 또 있겠느냐며 반문했다.

목사는 김만덕을 일단 돌려보냈다. 하지만 고민이 깊었다. 아무리 생각해봐도 딱히 묘안이 떠오르지 않았다. 아녀자가 임금을 알현한다는 건 불경을 넘어 도저히 있을 수 없는 일이었다.

결국 판관(정6품)과 머리를 맞댔다. 판관 역시 펄쩍 뛰었다. 국법을 어기는 것은 물론 자칫 반대 정파에게 반역이라는 빌미를 내줄 수도 있는 일이니 신중해야 한다고 극구 반대했다.

목사는 하는 수 없어 자기 정파의 영수인 병조판서(정2품) 심환지에게 먼저 서찰을 보냈다. 김만덕의 두 가지 소원을 그대로 전하면서, 그녀의 소원이 행여 조정에서 논란거리가 된다면 한 가지 소원은 빼줄 것을 정중히 부탁했다. 예컨대 임금의 알현은 뺀 채 금강산 유람만을 조정에 올리길 희망했다.

병판 심환지도 우려했다. 정조와 독대한 뒤 조심스레

김만덕의 소원을 전했다. 정조 또한 난감해했다. 병판에게 묘안은 없는지 물었다.

"궁인 말고 사가의 여인이 편전에서 감히 전하를 알현할 순 없습니다. 다만…."

그녀에게 잠시 벼슬을 내리는 방안이 있음을 아뢰었다. 정조는 어떤 벼슬이 마땅한지 물었다.

"아무래도 내의원 의녀醫女(종8품)가 합당하지 않을까 사료됩니다."

이튿날 아침 정조는 상참 자리에서 김만덕에게 내의원 의녀 벼슬을 하사했다. 그녀가 궁궐에 입궐할 수 있게 해준 것은 물론 임금을 알현하는 데 장벽을 없애주었다.

"아울러 내의원 의녀 김만덕에게 말 한 필을 하사하노니 나주에서부터 미리 대기토록 하시오."

도성까지 오는 데 미편함이 없도록 각 군현과 역참에도 지시할 것을 명했다.

소문이 꼬리에 꼬리를 물었다. 도성 안에 모르는 이가 없었다. 사람들이 모이는 골목마다 김만덕의 선행을 칭송하는 입소문이 자자했다. 그녀가 말을 타고 지나갈 도성 안의 연도는 벌써 술렁였다.

마침내 정조 20년(1796) 늦가을, 김만덕은 임금의 부름을 받고 배에 올랐다. 제주 포구를 출항하여 나주의 영산포로 향했다.

"행수를 믿고 떠납니다."

자신이 객주를 비우는 동안에는 늙은 행수가 도맡아 운영하기로 했다. 늙은 행수는 아무 걱정하지 말고 무탈하게 다녀오라고 했다.

그녀가 떠나던 날 제주 포구에는 이전에 볼 수 없는 수많은 사람이 모여들었다. 제주 목사를 비롯한 관아의 벼슬아치들이며, 객줏집이며 대촌의 사람들까지 모두 나와 뭍으로 가는 그녀를 환송했다.

그녀를 태운 관선이 800리 망망대해를 건너 영산포구에 닻을 내렸을 적엔 포구에 나주 목사를 비롯하여 출영 나온 사람들로 북적였다. 나주 목사 옆엔 튼실한 말 한 마리도 서 있었다. 붉은 안장에 금빛 휘장이 번쩍이는, 누가 봐도 임금님이 하사한 말임을 알 수 있었다.

김만덕은 금빛 휘장이 번쩍이는 하사 말 위에 오르기

전에, 임금이 계시는 북쪽을 향해 큰절을 올리고 난 뒤 나주 관아로 갔다. 관아에 당도하자 나주 목사는 향연을 베풀고, 그녀의 공적을 치하했다.

나주 관아의 객사에서 하루를 쉰 김만덕은 이튿날 아침 나주를 나섰다. 다시금 하사 말을 탄 채 군사의 호위를 받으며 전주, 강경, 대전, 천안, 평택, 수원을 거쳐 말죽거리에 당도했다.

어느새 한양이 코앞이었다. 말죽거리의 역참에서 다시금 하루를 묵은 뒤, 이튿날 한강의 노량진에서 나룻배에 올랐다.

그녀가 탄 나룻배는 군선軍船의 호위를 받으며 한강을 유유히 건넜다. 마포나루에 배가 도착했을 땐 한성부 판윤(정2품)까지 멀리 마중 나와 있었다.

숭례문 안으로 들어서자, 난데없는 함성이 들렸다. 도성 안의 수많은 사람이 연도에 나와 금빛 휘장이 번쩍이는 하사 말을 타고 들어서는 그녀를 반겼다. 어떤 이는 나라도 하지 못하는 가난 구제를 했다고 칭송하고, 어떤 이는 늠름한 모습이 장부 같다고 칭송하며, 또 어떤 이는 얼굴이 젊은 처자 같다고 칭송을 아끼지 않았다.

그녀는 한성부 판윤의 안내를 받으며 우의정 채제공의 집으로 향했다. 여든을 바라보는 고령의 우상은 먼 길을 달려온 그녀를 따뜻이 맞아주었다.

"내전의 궁인들이 와 기다리고 있다. 만덕 네게 궁중 예법을 일러줄 것이니 놓치는 법이 없이 익혀야 한다."

김만덕은 궁인들로부터 궁중 예법을 몸에 익힌 다음에야 우상의 집을 나서 임금을 알현하러 입궐할 수 있었다.

그녀는 입궐한 뒤 평상복을 벗고 내의원 의녀의 관복으로 갈아입었다. 선전관(종4품)의 도움을 받아 조심스레 어전으로 향했다.

좌우로 만조백관이 빼곡히 입시한 정전正殿에 들어선 그녀는, 궁인들이 일러준 대로 임금 앞에서 삼배했다. 삼배한 뒤 무릎을 꿇고 다소곳이 앉았다. 임금이 앉아 계시는 당가는 드높고 저만큼 멀었다.

"가까이 오라."

김만덕은 임금의 음성을 듣는 순간 그만 숨이 멎는 것

같았다. 떨지 않으려 그토록 애썼건만 온몸이 굳고 손끝이 가늘게 떨려왔다.

"그대는 한낱 아녀자의 몸으로 의기를 내어 굶주린 이들을 수많이 구제하였도다. 참으로 기특한 일이로다."

정조는 덧붙였다. 탐라는 뱃길이 멀고 오가는 이가 적어 그곳에 사는 백성들의 모습을 알 수 없다면서, 임금을 알현한 마당에 탐라의 실상을 상세히 아뢰어보라 일렀다. 더불어 만조백관에겐 의녀 김만덕의 말에 주목할 것을 당부했다.

김만덕은 더욱 떨렸다. 단지 임금을 뵙는 것으로 소원을 성취하였다 하더라도 임금의 하문에 입을 열지 않을 수 없었다. 자신의 곳간을 열어 굶주린 이들을 구제하는 것 못잖게, 임금과 만조백관에게 제주도의 실상을 알리는 것 또한 중차대하다는 생각이 뒤따라 들었다. 때문에 평소 자신이 생각해오던 어려운 문제 다섯 가지를 남김없이 아뢰었다.

"탐라는 우선 토지가 척박하고 기후가 변화무쌍해서 벼를 경작치 못해 보리와 조를 주식으로 삼고 있습니다.

그나마 탐라 사람들이 자급자족하기에는 턱없이 모자랍니다. 더구나 가뭄과 홍수와 같은 재앙이 들거나 태풍만 오래 지속되어도 초근목피조차 구할 길이 없어 굶어죽는 이가 길바닥에 수두룩합니다…."

두 번쨰, 목화와 뽕나무가 자라지 못해 대부분의 탐라 사람들은 무명옷을 입지 못하고 올이 성긴 갈포로 옷을 지어 입는다고 했다. 잠녀들은 추운 겨울에도 갈옷 차림으로 차가운 바닷속으로 뛰어들어야 한다고 했다.

세 번쨰, 탐라는 멀고 뱃길이 험난해 조정의 관리·감독이 소홀하다는 점을 들었다. 따라서 제주목에 부임한 수령들마다 너나없이 부패하기 마련이어서, 진상품을 빌미로 백성들을 갈취하여 사리사욕을 채우거나, 조정의 고관대작에게 뇌물을 바치는 일이 비일비재하다고 했다.

순간 입시하고 있던 만조백관이 술렁였다. 그녀가 입을 너무나 가벼이 놀린다는 지적이 나왔다.

하지만 정조는 오른손을 높이 들어 그들을 입막음했다. 김만덕의 얘길 마저 들어보고자 했다. 그녀는 용기를 내어 말을 이었다.

네 번째는 탐라에도 교역의 길을 열어주어 그곳의 백성들이 자활할 수 있도록 해달라고 호소했다. 포구의 시설도 확충해줄 것을 청했다.

마지막으로 금월해법禁越解法을 소망했다.

"탐라의 남자들은 배를 타고 고기잡이에 나섰다가 풍랑에 바닷물에 빠져 죽는 일이 다반사입니다. 혹은 뭍으로 사라지는 경우도 허다합니다. 때문에 탐라엔 예부터 아녀자의 수가 남자들보다 월등히 많을 수밖에 없었습니다. 가난한 농부일지라도 아내 두셋을 두고 살기 마련입니다. 홀몸으로 살아가는 아녀자들 또한 헤아릴 수 없이 많습니다. 하물며 미물도 다 제 짝이 있기 마련이온데, 아녀자 홀로 늙어가는 처지가 오죽하겠습니까?"

한데도 탐라에서 낳고 자란 아녀자는 탐라 밖으로 나갈 수가 없다고 했다. 지엄한 국법으로 뭍으로 나가는 것을 엄금하고 있기 때문이었다. 바로 그 금월해법을 해달라고 간곡히 청했다.

만조백관이 또다시 술렁였다. 거침없이 내뱉는 김만덕의 입이 불경하다는 의견도 없지 않았다.

이윽고 정조가 입을 열어 소란을 잠재웠다. 여러 대신과 상의하여 특단의 조치를 내릴 것이라고 약조했다.

아울러 그녀의 두 번째 소원에 대해서도 당부를 잊지 않았다. 김만덕이 금강산으로 향할 때 강원도 관찰사에게 명하여 길을 인도토록 하고, 비변사(조정의 최고 의결기구)에 일러 그녀의 행보를 임금의 행차에 버금가도록 했다. 선혜청은 그녀의 행보에 소요되는 금전을 사전에 준비토록 할 것이며, 금강산에 산재한 사찰들에는 그녀의 여정에 미편함이 없도록 예비토록 하라고 명했다.

실로 전례를 찾아볼 수 없는 파격적인 예우였다. 정조는 그녀의 미덕을 하나의 모범으로 보다 널리 알리고자 했다.

정조의 효의왕후도 김만덕의 선행에 대해 치하를 아끼지 않았다. 효의왕후는 어전에서 물러나와 편전으로 안내된 그녀에게, 구중궁궐을 유람해볼 수 있도록 상궁을 붙여주기조차 했다.

'조선의 만물상', 종루 육의전

김만덕은 궁궐을 유람한 데 이어 한성의 종루 일대에 자리한 육의전도 찬찬히 둘러보았다. 임금의 알현과 금강산 유람이 꿈이었다면, 현실에서 가장 가보고 싶은 곳이기도 했다. 도성 안에서 겨울을 지내는 동안 그곳을 몇 번이나 가보았는지 모른다.

육의전은 도성 안에 자리 잡은 거대 집단 시전을 일컫는다. 도성 안의 한복판이랄 수 있는 종루(지금의 종각 일대) 네거리 일대에 자리한 여섯 집단 시전을 뜻했다.

첫 번째 시전에는, 공단·대단·사단·우단 등의 각종 비단류에서부터 궁초·생초·운한초 등의 생사로 만든 직물류는 물론이고, 도리불수주·통해주·팔량주 등과 같은 각종 무명 옷감들과 용문사·설사·빙사 따위의 견직물 등 주로 중국산 비단을 거래하는 입전立廛이 즐비했다.

두 번째 시전에는, 지금의 종로 1가 일대에 자리하면서 국산 비단만을 판매하는 면주전綿紬廛이 즐비했다.

세 번째 시전, 질이 좋은 전라도 강진·해남, 경기도 고양의 상품 무명 옷감에서부터 질이 좀 낮은 하품 무명 옷감을 포함하여, 세금으로 걷히는 군포목·공물목·무녀목 따위를 거래하는 면포전綿布廛이 즐비했다.

네 번째 시전에는, 지금의 종로 3가 일대에 자리하면서 주로 모시를 거래하는 저포전苧布廛이 즐비했다.

다섯 번째 시전에는, 지금의 남대문 1가 일대에 자리하면서 크고 두껍고 질긴 장지, 넓고 긴 대호지, 눈같이 흰 강원도 평강의 설화지, 얇고 질긴 죽청지, 매미 날개같이 얇은 선익지, 편지용으로 쓰이는 화초지, 전라도 순창의 상화지에서부터 상소용 상소지, 도배용 초도지, 궁중 편지용 궁전지, 두루마리로 된 시를 적는 시축지, 능화문을 찍는 능화지 등 다양한 종류의 종이와 가공품 따위를 취급하는 지전紙廛이 즐비했다.

마지막으로 여섯 번째 시전에는, 종루에 자리한 내어물전內魚物廛과 서소문 바깥에 자리한 외어물전外魚物廛을 합한 내·외어물전 등까지 도성 안의 여섯 개 집단 시전을 통칭하여 이른바 육의전이라 불렀다.

더욱이 도성 안의 육의전에는 갖가지 생활 잡화를 파는 시전들 또한 줄을 이었다. 국내산뿐 아니라 중국 및 외국에서 들여온 화포, 홍포 등과 솜털로 만든 옷과 담요, 털모자 따위를 파는 청포전. 담배만을 파는 연초전. 말총, 가죽, 초와 밀, 향사(실), 이야기 책 등 생활 잡화를 파는 상전床廛. 흔히 싸전이라 하여 쌀만을 파는 미전. 쌀을 제외한 보리, 메밀, 조 등 곡물을 판매하는 잡곡전. 소금, 꼴뚜기젓, 황석어젓 따위를 파는 경염전京鹽廛. 흔히 바리전鉢里廛이라고도 부르며 조반기, 대접, 주발, 탕기, 보시기, 종지, 바리, 발탕기, 쟁첩, 양푼, 쟁반, 제기, 접시, 향로, 요강, 촛대, 조치, 타구 따위를 파는 유기전. 넝마전이라고도 부르며 헌 옷가지 따위를 파는 의전衣廛. 면화점이라고도 부르며 탄 솜, 그러니까 씨를 뺀 솜을 파는 면자전. 짚신이나 삼으로 만든 삼신에서부터 나무를 깎아 만든 나막신 등과 가죽신발까지 파는 이전履廛. 각종 물감을 화피로 싸서 팔았다 하여 화피전. 왕골이나 부들로 만든 돗자리를 파는 인석전茵席廛. 당사, 향사와 갓끈, 주머니 끈 등을 파는 진사전眞絲廛. 벌꿀을 파는 청밀전. 굵고 긴 목재를 파는 내장목전. 철로 주물한 각종 쇠붙이를 파는 철물전. 담뱃대를 파는 인죽전. 숟가락과 젓가락을 파는 시저전. 소를 팔거나 빌려주던 우전. 말을 팔거나 빌려주던 마전. 비녀전이라고도 부르며 다리(여자의 머리숱이 많아 보이도록 덧들이는 부분 가발) 꼭지를 파는 체계전髢髻廛. 벙거지, 즉 하급 군인들이 쓰는 털모자나 털갓 따위를 파는 전립전. 쇠가죽으로 만든 신발 밑창과 가죽에 기름을 먹인 징신, 당혜(가죽신) 따위를 파는 이저전履底廛. 짚이나 삼으로 만든 미투리를 파는 승혜전繩鞋廛. 땔감만을 파는 시목전. 대, 갈대, 수수깡 따위를 발처럼 엮어 주로 울타리에 쓰이는 바자를 파는 바자전. 초가지붕을 이을 볏짚을 파는 고초전. 나무로 만든 그릇을 파는 목기전. 지금의 시멘트와 같은 석회가루를 파는 합회전. 부녀자들의 장신구를 파는 족두리전. 망건을 파는 망건전.

돼지고기를 파는 저전猪廛. 병아리를 파는 병아리전. 꿩을 파는 생치전. 생선 자반을 파는 자반전. 생선을 삭혀 만든 식혜나 새우젓 따위를 파는 남문 밖 외해전. 면을 해 먹을 수 있도록 곡식 가루를 파는 내외분전. 엿이나 사탕을 파는 백당전. 두부를 만들 때 필요한 간수를 파는 염수전. 갖가지 말안장을 파는 복마제구전. 석쇠, 못, 솥 등 쇠로 만든 각종 물건을 파는 잡철전. 각종 바늘을 파는 침자전. 화살촉을 파는 전촉전. 밀화 단추, 용잠, 화잠, 죽절잠, 호두잠, 나비잠, 비녀, 은지환, 옥지환, 노리개, 댕기, 귀주머니, 굴레, 조롱, 염낭, 봉채, 은장도, 석장도, 참빗, 얼레빗 등 각종 패물을 파는 도자전. 가늘고 길게 오린 목재를 파는 오리목전. 길모퉁이에 있다 하여 모전이라고도 부르는 배, 밤, 잣, 은행, 모과, 감, 사과 등의 과일을 파는 우전隅廛. 채소나 나물류를 파는 채소전. 우산, 발, 홰 등 잡물을 파는 잡물전. 숙수도가라는 일종의 출장요리사와 함께 잔치 때 쓰는 사기그릇, 소반 등을 세를 받고 빌려주던 세물전貰物廛. 갓양태를 파는 양태전. 옻칠을 한 검우색 삿을 파는 흑립전. 가는 대나무로 틀을 짠 뒤 베를 씌워 만든 것으로 국상이나 삼년상을 치를 때 쓰는 백립을 파는 백립전. 관례를 막 치른 아이들이나 관아의 심부름꾼, 광대 등이 쓰는 초립을 파는 초립전. 가마를 만들어 파는 교자전. 각종 씨앗을 파는 종자전. 소금을 파는 염전 등등 제주도 시전에선 상상도 할 수 없는 갖가지 시전들이 헤아릴 수 없을 정도로 늘어서 있었다.

시전의 풍경 또한 색달랐다. 웬만한 집 서너 채를 일렬로 잇대어 놓은 것처럼 길쭉길쭉하고 번듯한 기와집들이 기다마하게 늘어선 풍경이 신기했다.

좀 더 자세히 들여다보면, 길거리 쪽에 면해 있는 정면 앞 칸이 상품의 진열장과 동시에 손님을 맞이하는 쓰임새라면, 좁고 긴 통로를 따라 여러 작은 방으로 나뉘어져 있는 뒷간은 주로 상품을 쌓아두는 창고로 이용하는 공간이었다. 또 그런 시전들이 종루의 종각을 중심으로 자그마치 3천여 칸이나 늘어선 규모였다.

따라서 종루 육의전의 시전 바닥 또한 엄청나게 넓을 수밖에 없었다. 종루 네거리를 중심으로 동쪽으론 지금의 종로 3가인 배오개까지, 서쪽으론 지금의 광화문 우체국 맞은편인 북청교 자리까지, 남쪽으론 지금의 을지로2가 일대까지, 북쪽으론 지금의 견지동 일대까지 널찍이 뻗쳐나갔다. 종루 육의전의 바닥을 한바탕 둘러보는 데만 진종일이 걸린다는 얘기가 나올 지경이었다. 가히 '조선의 만물상'이라 부르는 데 손색이 없었다.

때문에 어쩌다 시골뜨기가 종루통의 육의전 바닥이라도 둘러볼라치면 정신을 홀딱 빼앗기기 마련이었다. 시골의 장터라야 기껏 골목길 양쪽으로 기다랗게 늘어선 풍경이 전부인 데 반해, 종루 육의전의 바닥은 그런 골목길이 두 겹, 세 겹, 심지어 네 겹까지 겹쳐 있었다.

더군다나 그런 골목길들이 또다시 가로 세로로 교차하도록 되어 있어 교차 도로에 익숙하지 않은 시골뜨기는 두 겹, 세 겹으로 얽혀 있는 복잡 미묘한 미로에 갇혀 영락없이 헤맬 수밖에 없었다. 마치 거기가 거기 같고, 지나왔던 길이 전연 새로운 길처럼 보여, 다람쥐 쳇바퀴 돌 듯 육의전의 바닥을 마냥 맴돌고 있기에 딱 알맞았다.

뿐만 아니다. 종루 육의전의 바닥으로 들어서면 언제 어느 때이고 온통 사람들로 바글바글했다. 도시 발 들여놓을 틈도 없이 오가며 북새통이 벌어졌다. 두루마기 같은 긴 대장의大長衣에 검은 갓을 쓰거나 소창옷에 한삼을 단 한복汗服 차림으로 전방 앞에 서성이다, 지나는 사람들을 꼬드김으로 끌어들여 전방 주인으로부터 구전을 챙겨 담는 여리꾼의 호객 소리가 소란스럽기만 했다. 물건의 흥정을 붙여주고 구전을 챙기는 거간꾼의 쇳소리가 마치 오뉴월의 왕파리처럼 전방마다 연신 귓전을 따갑게 엉겨 붙기 일쑤였다.

금강산 일만 이천 봉

만덕이 한성에 도착했을 때는 큰눈이 내렸다. 봄이 될 때까지 기다리다가 금강산을 가도록 함으로써 그녀의 소원을 이루게 해주었다. 만덕이 가는 곳마다 사람이 많이 모여 구경하며 칭송하였다. 벼슬아치들이 그녀의 일을 기록하고 기이한 일을 전하니 만덕의 이름이 온 도상 안에 퍼졌다.

아, 쌓아놓은 재물을 내어놓는 일은 선뜻 남자들도 하기 어려우며, 공을 세워도 상 받는 것을 사양하는 것은 사대부들도 판별하지 못하는 일이었다. 만덕은 섬 안의 일개 여인으로 몸은 관비에서 벗어나지 못하여 천하다고 하나 이 같은 일을 능히 행하였으니 이것이 어찌 장한 일이라고 하지 않겠는가.

또 하나 한성을 구경하고 싶은 것이 소원이라니 이는 진실로 타고난 천성에서 나온 것이며, 하늘이 내린 마음에서 비롯된 것이다. 섬과 뭍, 귀함과 천함을 막론하고 금강산을 유람하는 일은 기이하며 장대한 것이다.

탐라는 세상 사람들이 흔히 '영주'라고 일컫는다. 영주의 만물 가운데 빼어난 것으로 훌륭한 말, 대나무 화살, 귤과 유자 등의 특산물이 있어 임금님이 계신 궁궐에 진상되는데, 만덕 역시 그처럼 영주의 빼어난 인물이 아닌가….

꿈속에서나 그리던 한성에 당도한 김만덕의 근황을 엿볼 수 있게 하는 『승정원일기』다. 그녀의 이름이 도성 안에 널리 알려지게 된 사실을 집중적으로 다루고 있다.

이렇듯 도성에서 겨울을 보내게 된 그녀는 이듬해 봄이 되어서야 금강산 유람을 떠날 수 있었다. 정조 21년(1797) 춘삼월이었다. 마침내 도성을 나서 연천, 철원, 김화, 통구를 지나 금강산에 이르는 5백리 길이었다.

왕의 행차에 버금가도록 하라는 임금의 명이 있었던 터라 김만덕을 호위하는 군사만도 수십 명에 달했다. 금빛 휘장이 번쩍이는 하사 말을 탄 그녀의 뒤로 선혜청이 마련한 물건들을 실은 마차마저 줄을 이었다.

경기도를 지나 강원도 땅에 접어들었을 땐 강원도 감영의 관료들이 마중나왔다. 관찰사는 그녀가 지나는 군현에 파발마를 띄어 행보에 부족함이 없도록 조치했다.

금강산 유람은 단발령斷髮嶺에서부터 시작되었다. 30리 산길을 헐떡이며 겨우 올라서자 재가 나왔다. 단발령이었다.

단발령에 오르자 산의 전체가 우뚝 솟아 있어 마치 푸른 하늘을 떠받치고 있는 듯해서 삼연히 공경할 만했다. 길잡이의 설명에 의하면, 별빛이 아롱진 금강산의 모습을 단발령에서 바라보면 마음이 흔들리고 정신이 황홀해져 자신도 모르게 끝내 머리를 깎고 중이 된다고 해서 붙여진 이름이라고 했다.

단발령에서 잠시 풍광을 관람한 뒤 내금강의 속살로 더욱 깊숙이 들어섰다. 수려한 산자락에 포근히 감싸여 있는 산속의 사찰에 당도했다. 장안사였다.

장안사는 감탄할 만큼 웅장해 보였다. 중층의 대웅보전이 모든 걸 압도하며 우러러보게 만들었다. 원나라 순

제의 황후가 고려 사람이었는데, 황제가 황태자를 위하여 많은 금과 공인工人들을 보내 중건하였기에 유례를 찾기 힘들 만큼 웅장하다는 것이었다.

유람은 계속되었다. 꿈에도 그리던 금강산이었기에 깊은 단장이 한가할 리 없었다. 산행에 따른 피곤 또한 뒷전이었다. 발걸음은 옮길수록 점점 더 아름다운 절경 속으로 빠져들었다.

불정대에선 동쪽 바다의 해가 떠오르는 일출의 장관을 모두 지켜보았다. 하늘을 찌를 듯 높다란 채하봉(1588m)과 소반덕(1428m) 사이로 쏟아져 내리는 십이폭포의 절경도 놓치지 않았다.

김만덕의 금강산 유람은 외금강에서 내금강으로, 다시 내금강에서 해금강으로까지 부단히 이어졌다. 자그마치 석 달여에 이르는 여정이었다. 1천2백 리에 달하는 장도였다.

금강산 유람을 모두 마치고 도성으로 돌아왔을 땐 우의정 채제공이 김만덕에게 금강산 유람 중 가장 감명 깊었던 곳이 어디냐고 물었다.

"비로봉에 올랐을 때입니다. 발은 멈추어 있는데 몸이 마치 두둥실 창공에 떠오르는 듯하였습니다. 금강산의 일만 이천 봉우리가 모두 구름 위에 떠 있어 꿈인 듯싶었습니다…."

제주도로 귀도하는 길 역시 미편함이란 조금도 없었다. 김만덕은 숭례문을 나서자 금빛 휘장이 번쩍이는 하사 말에서 내려, 임금이 계시는 궁궐 쪽을 향해 큰절을 올리고 난 뒤 남도로 출발했다. 한강을 건너 나주까지 온 뒤, 영산포에서 관선에 올랐다. 상경하던 길 그대로였다.

이윽고 제주 포구에 당도했지만 도무지 실감이 나지 않았다. 한양 가는 길목, 임금을 알현했던 순간, 육의전을 둘러보았을 때의 충격, 금강산 일만 이천 봉우리를 발밑으로 내려다보았을 적의 감동에서 좀처럼 깨어날 수 없었다. 자꾸만 눈앞에 어른거려 여전히 꿈속을 걷는 듯했다.

그러다 집으로 돌아오는 어느 골목, 어느 집 앞에서였는지 귀에 익은 낮은 소리가 꿈속인 듯 저만큼 아련히 들려왔다.

나 동침아 나 동침아(내 바늘아 내 바늘아)

서월 놈의 술잔 돌 듯(서울 사람 술잔 돌아가듯)

어서 한정 돌아가라(어서 빠릴 돌아가라)

이 양태로 큰 집 사곡(이 양태로 큰 집 사고)

이 양태로 큰 집 사곡(이 양태로 큰 집 사고)

늙은 부미 공양하곡(늙은 부모 공양하고)

일가 방상 고적하곡(일가친척 제사에 부조하고)

이웃사촌 부주하게(이웃사촌 부조하게)…

제주도에서만 들을 수 있는 소리였다. 한양의 사대부들이 머리에 쓰는 갓의 양태를 만들기 위해 제주 말총(말의 꼬리털)을 다듬을 때 부르는 노래였다. 밤늦도록 고된 일을 하면서 친구 삼아 부르는 어떤 아녀자의 노동요였다.

'아, 고향이로구나. 어느덧 내 고향 땅에 발을 딛고 있는 거로구나….'

그녀는 문득 꿈속에서 깨어난 듯했다. 비로소 낯익은 골목길을 바라보면서 누군가를 불러 찾았다. 김만덕의 발걸음에 어느새 속도가 붙기 시작했다.

"행수, 행수, 저 왔어요…!"

'은광연세'로 역사에 남다

　순조 12년(1812) 10월 22일, 김만덕은 일흔넷의 나이로 세상을 떴다. 한성의 궁궐에서 임금을 알현하고, 금강산을 유람하고 돌아온 뒤, 세상을 뜰 때까지 15년여 동안의 행적은 알 길이 없다. 기록이 없기 때문이다.

　다만 근래에 채록된 설화에 따르면, 제주도로 돌아온 김만덕이 여전히 선행을 베푸는 노후를 보내면서 사람들로부터 존경을 받았다고 한다. 경사도 없지 않았던 것으로 전해진다. 그녀의 아버지 김응렬에게는 가의대부嘉義大夫(종2품) 벼슬이 추증되었으며, 제민 정신으로 도탄에 빠진 백성을 구제한 그녀에게는 가선대부嘉善大夫(종2품)의 벼슬이 추증된 것이다.

김만덕은 세상을 뜨기 전에 다음과 같이 유언했다고 한다.

"내가 죽거든 대촌의 성 안이 한눈에 내려다보이는 곳에 묻어주게."

사람들은 그녀의 유언에 따랐다. 그녀의 유해는 제주성으로 가는 길목인 '가으니마루'라고 일컫는 언덕 위에 안장되었다. 작고한 지 한 달여가 지나선 그녀의 공덕을 기리는 묘비가 세워졌다.

그로부터 30여 년이 지난 헌종 6년(1840)에는 제주도로 유배 온 추사秋史 김정희가 김만덕의 선행에 감명받았다. 김정희는 그녀의 양손자인 김종주에게 '은광연세恩光衍世(은혜로운 빛이 세상에 널리 퍼진다)'라는 글귀를 써서 편액을 주었다. 아울러 '은광연세'라고 대서한 옆에 아래와 같은 기록을 더해 그녀의 뜻을 기렸다.

김종주(김만덕의 양손자)의 할머니가 이 섬에 기근이 닥쳤을 때 널리 구휼한 뒤 임금님의 특별한 은혜를 입어 금강산까지 구경하니 공경대부들이 전기와 시가를 지어주었다. 이는 고

금에도 드문 일이므로, 이 편액을 써서 이 집안을 드러내는 바이다….

이후에도 그녀의 뜻을 기리고자 하는 의지가 최근 들어 다시 꾸준히 이어지고 있다. 먼저 제주도 사람들이 뜻을 모았다. '김만덕기념사업회'를 만든 데 이어, 지난 1977년에는 제주시 건입동의 사라봉 기슭에 모충사란 사당을 지었다. 그녀의 묘소를 이장한 뒤, 공덕을 기리는 사업을 본격화하고 있다. 모충사에는 김만덕기념탑과 함께 아담한 기념관이 자리하고 있는데, 기념관에는 그녀의 영정과 생애를 재현한 그림들이 전시되어 있을 뿐 아니라 몇 가지 옛 유물도 볼 수 있다.

또한 '만덕상'을 제정하기도 했다. 근검절약하는 정신으로 역경을 이겨내고 사회에 공헌한 여성에게 해마다 한라문화제 때 시상을 해오고 있다. 뿐만 아니라 제주 여성들이 주축이 되어 해마다 '만덕봉제'를 지내면서 그녀의 뜻을 기린다.

비록 왕조의 종말에 따른 소란한 시대와 뜻하지 않은

일제 강점기, 해방 정국의 혼돈 속에 여성사의 암흑기를
거치면서, 김만덕 또한 세상에 드러내기 어려웠다. 하지
만 근래 들어 여성의 지위가 향상되면서 여성계 인물이
새로이 주목받고 있다.

말할 나위도 없이 우리의 역사 특히 한국 여성사에서
김만덕은 빼놓을 수 없는 인물임에 틀림없다. 역사 속에
서 김만덕은 분명 걸출한 인물이었다. 한 시대의 역사 근
육을 만들어낸 화제의 인물이자 영웅이었다. 편견과 차
별을 어기차게 이겨내어 자신의 이름으로 새로운 지평을
열어나간 우리의 표상인 것이다.

한민족의 정체성을 만든
인물들을 통해, 삶의 지혜와
미래의 길을 연다.

고대

신화가 아니라 실재했던 한겨레의 국조

나는 **단군왕검** 이다

서로 잘 어우러져 하나가 되는
홍익인간 공공사회를 일구었노라

"나는 임금이 되어 우리 겨레를 홍익인간의 삶으로
이끌려 애썼다. 그러면서도 자연의 원리에서
떠나지 않으려 했다. 융통성을 바탕으로, 공동체를
사안에 따라 매우 유연하고도 능란하게 운영하려고
했다. 반란과 대홍수를 이겨내고 모두 하나가
되는 공공사회를 일구었노라."
-단군왕검이 독자에게-

박선식 지음 | 값 14,800원

근대

삼한갑족 노블레스 오블리주의 대명사

나는 **이회영** 이다

동서고금을 통해 해방운동이나
혁명운동은 자유와 평등을
추구하는 운동이었다.

"한 민족의 독립운동은 그 민족의 해방과
자유의 탈환을 뜻한다. 이런 독립운동은
운동 자체가 해방과 자유를 의미한다.
태고로부터 연면히 내려온
인간성의 본능은 선한 것이다."
-이회영이 독자에게-

이덕일 지음 | 값 14,800원

근대

육성으로 직접 들려주는 독립군 장군 일대기

나는 홍범도다

내가 오지 말았어야 할 곳을 왔네
나, 지금 당장 보내주게

야 이놈들아, 내가 언제 내 흉상 세워 달라 했나.
왜 너희 마음대로 세워놓고, 또 그걸 철거한다고
이 난리인가. 내가 오지 말았어야 할 곳을 왔네.
나, 지금 당장 보내주게. 원래 묻혔던 곳으로
돌려보내주게. 나, 어서 되돌아가고 싶네.
-홍범도가 독자에게-

이동순 지음 | 값 14,800원

근세

여성 최초 상인 재벌과 재산의 사회 환원

나는 김만덕이다

가난을 돌이킬 수 없는
수치로 여겨라

어진 사람이 나랏일에 간여하다가도 절개를 위해
죽는 것이나, 선비가 바위 동굴에 은거하면서도
세상에 이름을 떨치게 되는 건, 결국 자기완성이
아니겠느냐. 여성의 몸으로 내가 상인으로
나선 이유도 이와 다르지 않다.
-김만덕이 독자에게-

박상하 지음 | 값 14,800원

근세

지킬 것은 굳게 지킨 성인군자 보수의 표상

나는 퇴계다

'완전한 인간'을 위한 자기 단련의 길이 나 퇴계다

"나는 책이 닳도록 수백 번을 읽었다. 그랬더니 글이 차츰 눈에 뜨였다. 주자도 반복해서 독서하라. 이르지 않았던가? 다른 사람이 한 번 읽어서 알면, 나는 열 번을 읽는다. 다른 사람이 열 번 읽어서 알게 된다면, 나는 천 번을 읽었다."
-퇴계가 독자에게-

박상하 지음 | 값 14,800원

근세

보수의 대지 위에 뿌린 올곧은 진보의 씨앗

나는 율곡이다

바꾸자는 개혁의 길 너의 생각이 나 율곡이다

"나라는 겨우 보존되고 있었으나, 슬픈 가난으로 시달리는 백성들은 온통 병이 깊어 숨이 넘어갈 지경이었다. 백척간두에 선 채 바람에 이리저리 위태롭게 흔들리고 있었다. 내가 개혁을 외치고 나선 이유다."
-율곡이 독자에게-

박상하 지음 | 값 14,800원

현대

남북한과 동서양의 화합을 위해 헌신한 삶과 음악

나는 윤이상 이다

남북통일과 세계의 화합과 평화를 염원하며 작곡했다

"나는 남한과 북한, 동양과 서양, 고전과 현대의 경계에 서서 화합을 모색해 왔다. 우리 민족혼을 바탕으로 민주화와 통일을 갈망했고 세계가 전쟁과 핵 공포에서 벗어나 평화와 평등의 세상으로 나가기를 바랐다. 내 음악은 이 모든 염원의 표상이다"
-윤이상이 독자에게-

박선욱 지음 | 값 14,800원

현대

모국어로 민족혼과 향토를 지켜낸 민족시인

나는 백석 이다

깊은 슬픔을 사랑하라

분단의 태풍 속에서 나는 망각의 시인이었다.
하지만 한국의 독자들은 다시 내 시에
영혼의 불을 지폈다.
나는 언제나 외롭고 높고 쓸쓸한 시인이다.
-백석이 독자에게-

이동순 지음 | 값 14,800원